그네에 앉아 세상을 읽다

그네에 앉아 세상을 읽다

펴낸날 초판 1쇄 2023년 11월 25일

지은이 임우재
펴낸이 서용순
펴낸곳 이지출판

출판등록 1997년 9월 10일
등록번호 제300-2005-156호
주소 03131 서울시 종로구 율곡로6길 36 월드오피스텔 903호
대표전화 02-743-7661 **팩스** 02-743-7621
이메일 easy7661@naver.com
디자인 김민정
인쇄 ICAN
물류 (주)비앤북스

값 15,000원

ISBN 979-11-5555-208-7 (03810)

※ 이 책은 2023년 제주특별자치도, 제주문화예술재단의 문예진흥기금을
   지원받아 발간했습니다.

그네에 앉아
세상을 읽다

▶ 임우재 수필집

이지출판

갈 길은 까마득히 멀기만 한데

위문편지 쓰던 때가 생각난다. 학교에서 숙제가 주어지는 순간 앞이 캄캄했다. 글을 잘 쓰는 아이가 부러웠다. 어느 날 한 아이 글을 읽었다. 눈이 번쩍 뜨였다. 그 아이 글에는 들판의 아지랑이와 노랑나비, 파란 하늘의 뭉게구름이 떠 있었다.

나의 편지와 일기 쓰기가 달라졌다. 내가 보낸 편지는 언제나 답장이 왔고, 나는 다시 답장을 썼다. 운동장의 잔디와 귤밭의 노란 귤을 글로 담아 보내곤 했다. 꽤 여러 번 편지를 주고받은 상대는 어느 부대 중대장이었다. 월남 장병의 답장에는 야자나무와 삿갓 모양의 모자를 쓰고 논에서 일하는 사람들의 사진이 동봉되어 오기도 했다. 초등학교와 중학교 때의 일들이다.

그 막연했던 추억 덕분에 글쓰기에 도전할 수 있었다. 일선에서 물러나 남는 시간을 뭘 하며 보낼까 궁리하다가 수필 강의를 듣게 되었다. 내가 할 만한 것은 글이 최선이었다. 그림에도 노래에도 자신이 없었다. 악기 다루는 것은 더 자신이 없었다. 춤이라면 질색하는 남편 때문에 댄스스포츠 같은 건 꿈도 꾸지 못했다.

그런데 수필은 어려웠다. 편지와 일기가 아니었다. 화장하지 않은 민낯으로 사람들 앞에 나서야 하는 것이 수필이었다. 할머니의 고달팠던 인생 이야기, 지난했던 아버지의 삶, 평생 대나무 트라우마에 시달리며 사셨던 어머니의 한(恨). 체면이나 가식은 놓아야 했다.

수필을 쓴다고 매달린 시간이 여러 해 되었지만 아직 갈 길이 까마득히 멀기만 하다. 내 글이 어느 정도 수준인지는 모른다. 하지만 나는 언제나 진실에 충실하려고 했다. 꾸미지 않았다. 단지 살아오면서 경험한 이야기나 어릴 적 추억을 하나씩 주머니에서 꺼내어 적을 뿐이다.

늦게나마 손광성 선생님을 만난 것은 행운이다. 머뭇거리는 나에게 크나큰 용기를 주셨다. 그저 감사할 뿐이다.

모든 글의 첫 독자로서 충고와 격려를 아끼지 않은 남편에게도 고마운 마음을 전한다. 딸과 아들의 독려도 잊지 않겠다. 늘 뒤에서 지켜봐 주고 격려해 주신 아주버님과 형님, 은당나귀 문우들과 서향원사람들도 분에 넘치는 관심을 주셨다. 깊이 감사드린다. 마지막으로 이 책이 출간될 수 있도록 애써 주신 이지출판 대표님, 수고 많으셨습니다.

2023년 11월

임우재

▶ 차례

책을 펴내며 4

제1부 천국을 알려 드릴게요

제4부 그동안 수고가 헛되지 않았다

제5부 시리도록 아름다운 겨울날에

제1부 천국을 알려 드릴게요

은밀하게

실바람에도 낙엽은 저를 키운 등걸 위로 하나둘씩 내려
앉는다.

이렇게 또 한 시절이 가는구나.

설핏 쓸쓸하다.

따뜻한 차 한 잔이 간절해 찻잔을 꺼냈다. 잘 끓어오른
찻물을 천천히 부어 우려낸 보이차 한 잔을 들고 창가에
앉자, 가을 햇살 한 조각이 슬며시 잔 위로 내려앉는다.
잠시 우주가 내려온 듯 온몸이 따스하다. 혈관을 따라 온
기가 몸에 퍼진다.

호기심으로 시작한 차였는데 돌아보니 운이었다. 한 줌도

되지 않은 차 한 모금이 심신을 씻어 주고 은밀한 안온함을 갖게 해 줄 줄은 미처 몰랐다.

카인과 아벨의 아픔이 악몽처럼 앞을 가로막고 캄캄하기만 할 때였다. 마음의 상처가 몸의 고통으로 고스란히 드러났다. 삶을 내려놓고 싶을 만큼 심신이 피폐해져 병원 문턱도 꽤 드나들었지만 온갖 몸부림이 허사였다. 그때 나도 모르는 사이 차는 나를 다독이고 위로해 주며 내 마음 안에 안식처 하나를 만들어 주고 있었다.

차를 마주하고 있을 때 비로소 가슴속 불길이 잦아든다는 것을 알았다. 웃음을 밀어내고 고통이 들어앉았던 마음속에 서광이 비치기 시작했다. 오롯이 찻잎을 살피고 차향을 맡으며 찻물 색과 빛을 들여다보는 그 순간은 무위이고 무심이었다. 잃어버렸던 웃음을 그렇게 다시 만났다.

좋은 차는 마음을 씻어내고 기운이 살아나게 한다는 것을 선인들도 아셨다. 경치 좋은 자연에서 그 맛을 아는 도반들과 함께 마시는 차는 무아지경에 오르게 하고 정신을 바로잡아 준다고 한다. 차를 마시며 자신을 돌아보는 일이 그렇듯 소중하다는 의미다.

아직 내게는 아득한 경지다. 그래도 이젠 남편과 하루의 시작을 차를 마시며 열어 간다. 함께 살아낸 날들을 돌아볼 때면 잔잔한 미소와 눈물이 찻잔에 아롱진다. 차가 있어 가능해진 교감이고 사랑이다. 시간과 공간을 나눈 사이를 벗이라 한다는데, 차를 마시며 취향까지 나누니 진짜 지기가 되었다.

뿐만 아니다. 이 차 한 잔이 내게 오기까지 숱한 정성과 수고가 있었음을 생각하면, 사람의 언어로 뜻을 주고받는 상대가 아님에도 오래 묵은 인연인가 싶기도 하다.

찻잎인들 얼마나 아팠으랴. 봄에 막 눈을 뜨자마자 사람의 손끝에 뜯기어 뜨거운 솥 안에서 볶이며 말려지는 수차례의 과정은 그들에게 고통의 시간이었을 것이다. 제 몸이 부서져 진액이 다 빠져나올 때까지 으깨지고 비틀리는 고통을 견디고 나서야 수십 가지 서로 다른 맛으로 세상을 만나 다시 의미를 얻었을 것이다.

차를 알기 전에는 내게도 찻잎처럼 으깨지고 볶이는 고통이 있어야 한다는 걸 알지 못했다. 은은한 맛과 숨이 트이듯 깊은 향을 뽑아내기 위해 모진 인내가 필요했다는 것도.

차가 내게 이른다.

번뇌는 지우기 위해서 존재한다.

인내는 희망으로 안내하는 안내자다.

그곳에는 아직 판도라의 상자에 남아 있는 희망이 있느니라. 그러니 해묵은 감정의 찌꺼기들을 붙잡지 마라.

흐르는 물에 번뇌를 띄워 보내라.

새 물이 곧 채워질 것이다.

이제는 해묵은 번뇌를 애써 지우려 하지 않는다. 감정의 찌꺼기들이 떠오르면 곱게 우려낸 차를 풀어놓고 마음을 기울여 그 맛을 음미한다.

거친가,

떫은가,

익었는가.

찻물이 곱다. 온 세상을 휘돌다 온 바람도 차향에 취해 잠시 머뭇거리다 간다. 어둠이 내리고 다시 내일이 오면 내밀하게 우려낸 차를 마시며 나를 찾아가는 여정이 은밀하게 시작되리라.

솜이불 같은 사람이

　철따라 음식이 바뀌듯 이불도 제철을 안다. 얇은 옷 위
에 겉옷을 하나 끼워 입으면 홑이불도 간절기용으로 바뀐
다. 며칠 전만 해도 인견으로 된 홑이불이었는데 이제는
가벼운 누비이불이 잠자리를 같이한다. 머지않아 찬바람
이 불면 이번에는 두꺼운 이불로 바뀔 것이다.

　옷이 유행에 민감하듯 이불도 그에 뒤지지 않는다. 유행
을 쫓아서 마련한 이불이 이불장을 채우고도 남는다. 아
마도 어린 시절 이불에 대한 향수 때문인지도 모른다.

　이불은 많은 걸 품어 주었다. 귀신이 나올 것처럼 캄캄
한 밤도 이불을 쓰면 무섭지 않았다. 부모님께 꾸중 듣고

속상할 때도 이불을 뒤집어쓰고 울고 나면 눈 녹듯 설움이 가라앉았다. 이불 밖의 두려움이나 헛헛하던 것들이 이불 안에서는 안심이 되었다. 나에게 이불은 피난처인 셈이었다.

일 년에 서너 번 이불 홑청을 빨고 풀하는 것은 이불에 대한 예의였다. 볕 좋은 날 빨래터는 동네 사람들로 북적였다. 솥단지를 걸어놓고 빨래를 삶고 말리기도 했다. 너럭바위와 밭담 위에 널어놓은 이불 홑청은 태양을 향해 경건하게 순결한 의식을 치르는 것 같았다.

삶고 풀하고 말리고, 빨래터에서의 하루는 숨가쁘게 순서대로 돌아가야 끝이 난다. 해가 넘어갈 즈음이면 태양의 은총을 받은 이불 홑청은 순결한 신부가 되어 집으로 돌아왔다.

깨끗한 이불을 덮고 자는 날은 힘들고 지친 영혼이 평온하게 안식을 취하는 날이기도 했다. 일터를 옮겨 다니며 자취하던 아버지의 이불을 꿰매 드리고 잠자리에 들 때도 그랬다. 이불은 아버지에게 고단한 하루를 쉬고 내일의 기운을 얻을 수 있게 마법 같은 힘을 주었다. 그 마법의 힘으로 어른들은 버티고 견뎌 내어 오늘을 이루지 않았을까,

생각도 해 본다. 아버지와 뽀송뽀송한 이불을 덮고 자면서 풋풋한 꿈을 꾸던 소녀는 열네 살이었다.

이불이 귀한 대접을 받던 시절에는 혼수 목록에 이불이 빠질 수가 없었다. 이불이 몇 채냐에 따라서 빈부귀천이 나뉘기도 했다. 동네 잘사는 집 언니가 시집을 가면서 보기 드물게 트럭 가득 장롱과 이불을 실어 보내자, 사람들이 이구동성으로 부러워하는 걸 본 적이 있다. 그러면서 누구는 이불 다섯 채를 혼수로 해 왔고 누구는 열 채를 해 왔느니 하면서 새색시들을 평가하기도 했다. 그러고 보니 나는 열 채는 고사하고 거우 서너 채를 해 왔으니 가난하게 시집을 온 셈이다.

가난의 기억이 남아 있어서인지 이불을 장만하면서도 목화솜 이불에 대한 느낌이 남다르다. 어느 날 아버지가 무심코 던진 말씀이 아직도 가슴에 남아 있기 때문인지도 모른다.

아버지께 가볍고 따뜻한 명주솜 이불과 오리털 이불을 사 드린 적이 있다. 그런데 얼마 만에 보니 묵은 이불을 덮고 계셨다.

"왜 무거운 솜이불을 덮으세요?"

"이것저것 다 덮어봐도 솜이불만 한 게 없다. 가벼운 이불은 덮은 것 같지 않고 허한데, 목화솜 이불은 묵직해서 뼈에 바람 드는 것을 막아 줘서 좋다. 사람도 가벼운 사람보다 묵직한 사람에게 믿음이 가는 것처럼 말이다."

그러면서 이불이 하찮은 것 같아도 우리에게 많은 것을 준다고 하셨다. 솜이불은 생긴 것만큼이나 품어서 삭이고 다독이는 데 손색이 없으니 너그러운 사람 같다고 하셨다. 아버지만의 인생철학일까. 그래서 아버지는 말을 아끼고 속이 깊은 사람으로 살다 가셨는지도 모른다.

그런데 나는 솜이불은 아껴 두고 보는 것만으로 만족하고 있다. 평소에는 세탁이 쉽고 꿰매기 쉬운 이불을 덮는다. 한 번씩 자고 가는 손님도 많아서 일일이 이불 꿰매는 일을 덜기 위해서는 편하게 사용하는 게 좋기 때문이다.

모셔 놓은 솜이불은 일 년에 한두 번 장롱에서 꺼내 가을볕에 말려 주기만 한다. 눌렸던 솜이 햇살을 받으면 갑삭하고 폭신하게 살아난다. 다시 장롱에 개켜 넣으면서 솜이불에 얼굴을 비비면 아버지의 체취가 살아나는 것 같다. 한 이불 속에서 아버지와 꿈을 키우던 생각이 아스라하다. 아버지 품성만큼이나 든든해서 좋다.

이제는 이불을 꿰매 드릴 아버지도 어머니도 안 계신다. 다만 아버지의 가르침대로 믿음이 가고 포용력 있는 솜이 불같이 품이 넉넉한 사람이었으면 좋겠다. 주변이나 이웃 의 허물도 웃어넘기는 그런 사람으로 말이다.

천국을 알려 드릴게요

산간이라 수도가 들어오기 전의 일이다. 목욕 한 번 하는 걸 무슨 행사 치르듯 했다. 여름에는 동네 어귀에 있는 물통에서 멱을 감는 것으로 목욕을 대신했다. 소와 말이 목을 축이고, 마을 여자들이 빨래도 하는 곳이었다.

그러다가 찬바람이 불기 시작하면 정지 구석이 목욕탕 구실을 했다. 나무통에 더운물을 채우고 형제들이 돌아가면서 씻곤 했다. 마실 물도 귀해 동이 트면 먼 길을 걸어서 물 한 허벅을 항아리에 채워 놓고야 학교에 갔다.

세상은 좋아졌다. 수돗물 대신 생수와 정수기 물이 넘쳐나고, 버튼만 누르면 더운물이 콸콸 쏟아진다. 아침저녁으로 머리를 감고 샤워를 해도 눈치 볼 일이 없다. 마음만 먹으면 마사지도 받으면서 목욕을 즐길 수 있는 세상. 옛날 그 옹색하던 때와 비교하면 임금님도 부럽지 않다.

이럴 때면 할머니와 실랑이하며 목욕하던 일이 어제 일처럼 선명하다. 할머니가 살아 계셨다면 지금쯤은 벗고 씻는 데 익숙해지셨을까? "아이고 시원하다. 이젠 살아지켜. 나랏님도 부럽지 않다" 하고 감탄사를 쏟아 내시지 않았을까 상상해 본다.

할머니는 몸이 부자연스러웠다. 열서너 살 때 침을 잘못 맞아서 그리되셨다고 한다. 왼발을 살짝 절고 왼손도 불편한 할머니는 온전하지 않은 몸을 주홍글씨처럼 여기며 사셨다.

시골살이를 고집하던 할머니가 쇠약해지자 아버지는 할머니를 시내로 모셔 왔다. 그 덕분에 할머니와 떨어져 지내던 공백이 깨지고 자주 뵙게 되었다. 부모님이 사는 집이 내가 사는 집하고 가까웠으니 마음만 먹으면 매일이라도 들르곤 했으니 말이다.

할머니는 새 환경을 낯설어하셨다. 어둠에 익숙하던 할머니는 밤에도 훤하게 켜진 가로등 불을 공포로 받아들였다.

아침저녁으로 수도꼭지를 틀어놓고 물을 펑펑 쓰는 것도 무척 아까워하셨다. 오랜 세월 한 손으로 고양이세수를 하고 한 방울의 물도 아끼던 습관이 몸에 배어서였을까?

가끔 씻는 일을 가지고 어머니와 실랑이를 하기도 했다. 어머니는 할머니의 묵은 때를 벗겨 드리고 싶어 했고, 할머니는 옷 벗는 것을 질색하셔서 생기는 마찰이었다. 평생 감추고 살아온 몸을 노출하는 것이 할머니로서는 수치로 느껴지시는 듯했다. 며느리 앞이라 더 내키지 않으셨던 것 같다.

그럴 때면 내가 나서곤 했다. 할머니와 살아봐서 정이 들었기 때문이었는지 모른다. 하루는 할머니를 씻기는 일에 팔을 걷어붙이고 나섰다. 마침 푹푹 찌는 여름이라 할머니도 더위에 지쳤는지 힘이 없어 보였다. 할머니의 반응이 어떨지 눈치를 살피며 우선 욕조에 따뜻한 물을 채웠다. 대놓고 '목욕합시다' 하면 기겁을 할 것 같아서 이런저런 핑계를 대며 욕실로 안내했다. 하지만 옷으로 몸을 꽁꽁 감싸고 벗지 않으려고 안간힘을 쓰셨다.

내가 먼저 옷을 벗었다. 그러자 할머니는 얼른 고개를 돌려 버렸다. 나는 할머니와 마주 보지 않으려고 등 뒤에서 가만히 다가갔다. 그리고 할머니에게 속삭였다.

"할머니, 이렇게 벗고 따뜻한 물속에 들어가면 천국 가는 기분이 들어요. 천국이 어떤 곳인지 알려 드릴게요."

"나, 천국 안 가도 좋다."

"그곳에 가면 할아버지도 만나고 큰아버지도 만나는데 그래도 싫으세요?"

"경허여도 남부치럽게 벌건 대낮에 어떵 옷을 다 벗느니."

그러나 천사의 속삭임이 통했는지, 아니면 나의 강요를 못 이기셨는지 등을 돌리고 하나씩 옷을 벗으셨다. 그때 처음으로 아무것도 설치지 않은 할머니의 몸을 봤다. 작은 욕조에 마주 앉으니 할머니는 몸을 오그린 채 가리기에 바빴다. 나는 서두르지 않았다. 할머니가 스스로 긴장을 풀 때까지.

따뜻한 물이 할머니의 부끄러움을 녹이는 데는 그리 오랜 시간이 걸리지 않았다. 경직된 몸이 조금씩 느슨해지면서 비로소 손녀에게 온전히 몸을 내어 주었다. 때를 미는 손이 은밀한 곳까지 닿아도 움츠리지 않았다.

가녀린 어깨와 단물 빠진 젖가슴이 손안에 들어왔다. 가늘어진 다리와 오므라진 손가락이 애처로웠다. 주름진

골마다 서려 있는 할머니의 한은 가슴을 찢어지게 하고, 불구라는 주홍글씨를 품은 가슴이 돌덩이처럼 무겁게 느껴졌다.

천조각으로 가린 채 사람들의 이목에 늘 신경을 곤두세웠을 할머니. 구멍 난 가슴에 얼음 조각처럼 박힌 상처는 아물 기회가 올까. 때를 밀다 말고 온갖 상념에 젖었다. 내게 신의 능력이 있다면 진짜 천국으로 안내하고 싶었다.

그때 침묵을 깨고 미인이 되신 할머니가 입을 떼셨다.

"손지야 고맙다. 죽엉 저승가민 느 잘 되렌 빌어주마."

그로부터 오래되지 않아서 할머니는 가셨다. 문득문득 욕조에 앉으면 할머니의 작은 알몸이 어른거린다. 시간은 아픈 상처도 아물게 하는 것일까. 어려운 일에 부딪칠 때마다 할머니가 빌어준다는 생각이 떠오르곤 한다. 그렇게 생각하면 정말 그렇게 될 것 같다. 사랑하는 손녀와의 약속이니까.

세월이 약은 아니더라

　하늘도 잿빛이다. 까마귀 몇 마리가 창밖 전깃줄에 앉아서 울고 있다. 흔히 있는 일이 아니다. 평소 같으면 빠른 템포로 '깍 깍' 울어 대지만 오늘은 소리가 예사롭지 않게 들린다. '까~악 까~악' 한 템포 느리게 허공을 울린다.

　진혼곡처럼 느껴진다. 이승도 저승도 아닌 하늘 아래 어디쯤에서 영혼을 둘 길 없는 청춘들의 외침을 까마귀도 아는가 보다. 이승은 떠났지만 저승으로 쉽게 발길이 떨어지지 않는 젊은 영혼들. 언제쯤 이승의 미련을 떨쳐 낼 수 있을지 생각할수록 가슴이 아려온다.

　눈만 뜨면 쏟아지는 이태원 참사 소식이 남의 일 같지

않다. 미리 예방하고 대처했으면 안타까운 지금의 사태는 피할 수 있지 않았을까. 남아 있는 자들의 슬픔과 고통이 전이되는 듯하다.

나는 열두 살에 단짝 친구를 잃고 죽음을 알았다. 죽음에 죄책감이 더해져서 성장기 내내 친구에게 빚을 진 마음으로 지냈다. 칠순을 눈앞에 둔 지금도 사라진 것은 아니다.

단짝은 이름이 예쁜 친구였다. 우리는 초등학교 5학년이었다. 단발머리에 키는 작지만 동글납작한 얼굴에 얇은 입술이 인상적이었다. 내 이름이 내심 불만이었던 나는 '윤정'이라는 예쁜 이름을 부러워했다.

그 애는 바로 이웃집에 살았다. 눈뜨면 자기 전까지 한 켤레의 신발처럼 늘 붙어다녔다. 그런데 친구는 병원 문턱도 넘어보지 못하고 갑작스레 죽음을 맞았다. 5학년 봄소풍이 마지막이었다.

그날도 학교에 가자고 윤정이를 불렀다. 그런데 아프다고 했다. 가슴이 답답하고 팔다리에 힘이 없다는 것이다. 친구 엄마는 선생님께 잘 말씀드리라고 당부를 했다. 다리가 부러진 것도 아니고 머리가 깨진 것도 아니니 곧 좋아질 거라고 믿었다. 숙제를 안 해도 되고 어려운 산수 문제를 안 풀어도 되고 잠을 실컷 자도 되니 부럽기까지 했다. 나도 같이 아프고 싶었다.

윤정이는 다음 날에도 학교에 나오지 않았다. 며칠을 혼자 다녔다. '어! 이러면 안 되는데' 하면서도 윤정이를 찾아가지 못했다. 아니, 어서 빨리 나으라고 손 한번 잡아 주지 못했다.

며칠 후 수업을 마치고 집에 오는데 윤정이네 집에서 굿하는 소리가 들렸다. 굿은 안 좋은 일이 있을 때나 하는 것인데 웬일이지? 궁금했지만 그때도 그냥 지나쳤다. 집에 오니 어머니가 내 눈치를 살피며 작은 목소리로 말했다.

"어린 게 불쌍도 하지. 동티* 난 줄 알았으면 손이라도 썼을 텐데."

그제야 알았다. 윤정이는 새벽에 우리 곁을 떠났고, 무당이 꺼이꺼이 토해 내는 소리는 윤정이를 묻어 주고 와서 하는 귀양풀이**라는 것을.

어른들은 윤정이가 죽은 이유가 동티 때문임을 뒤늦게 알았다. 뱀 때문에 동티가 나서 죽었다고 귀양풀이 중에 무당이 말했다. 미리 알았더라면 액땜을 했을 텐데 불쌍하게 갔다고 넋두리를 풀어났다. 윤정이의 죽음은 작은 동네에서 입에서 입으로 퍼져 나갔다.

그제야 섬뜩했던 광경이 떠올랐다. 뱀이 죽는 장면은 그 애 혼자 본 것이 아니었다. 나도 함께 봤다. 정확히 말하면 많은 아이들이 함께 보았다. 짓궂은 남학생 몇이 봄소풍 길에서 뱀을 보았고, 돌을 던져서 죽였다. 남자아이들은 온몸을 뒤틀면서 죽어가는 뱀을 보면서 재미있어했다. 뱀을 죽인 남자아이들은 멀쩡한데 지켜보기만 하던 윤정이가 동티에 걸렸다. 동티가 이렇게 무서운 저승사자라니! 도무지 이해가 안 되었다.

무당의 말은 곧 법이었다. 누구도 토를 달거나 하지 않았다. 그의 부모님은 막을 수 있었는데 막지 못해 소중한 딸을 잃었다며 죄인처럼 미안해했다. 나도 죄인 같았다. 뱀 소동을 미리 알려 주지 못한 것이 내 탓이라는 생각이 들었다. 그 애 집에서 무슨 일이 일어나고 있었는지 알지 못한 게 미안했고, 털고 일어나면 아무 일도 없었던 것처럼 단짝으로 돌아올 거라고 믿은 것도 미안했다. 아픔은 나눌 수 없는 것인 줄만 알았다.

그 애를 떠나보내고 난 후에야 밀려드는 후회와 어리석

음에 겁이 나고 두려웠다. 그래서 묻혀 있는 곳도 찾아가 볼 엄두를 내지 못했다. 죽음이란 영원한 이별이라는 걸 어린 나이에 알아 버렸다.

그렇게 윤정이를 보내고 가슴앓이가 시작됐다. 충분히 슬퍼하는 것만이 단짝에 대한 도리라고 생각했다. 그런 나의 감정에 충실하려고 애를 쓰면서 긴 시간을 보냈다.

산 자와 죽은 자의 경계에서 산 자의 몫에 목말라하던 중 장자의 글에서 이런 대목을 읽었다.

"사람이 죽으면 태어나기 이전 상태로 돌아가는 것이고 태어나기 전이나 죽은 뒤나 모두 삶이 아니라는 점에서는 동일하다. 태어나기 이전 상태에 대해 슬퍼한 적이 없는데 왜 죽었다고 슬퍼하느냐. 봄이 갔다고 슬퍼 마라. 인생도 그저 순환하는 에너지일 뿐이다."

혼란스러웠다. 봄이 가면 새로운 봄이 오는 것은 우주의 진리다. 죽고 사는 것도 순환하는 에너지는 맞지만, 사람이 죽었는데 슬퍼하지 말라니 공감하기에 역부족이었다. 그래서 장자는 아내가 죽은 뒤 하루 이틀만 슬퍼하고 나중에는 노래하고 춤을 췄다는 건가.

문학기행에 동행한 선배에게 물었다. 그는 오래전에 농활

갔던 아들을 사고로 잃은 어머니다.

"언니라면 이 말에 공감할 수 있겠어요?"

언니는 단호하게 고개를 저었다.

"그 어떤 글과 말이나 수식어로도 슬픔을 대신할 수 없어. 시간이 지나면 아주 조금씩 닳아질 뿐이지."

물론 누가, 어떻게, 왜 죽었는지에 따라 받아들이는 슬픔도 다르겠지만, 장자의 글은 아직 멀게 느껴진다.

한때는 세월이 약인 줄 알았다. 하지만 무뎌지고 잊은 듯하다가도 어느 순간 옆에 와 있곤 한다. 슬픔은 아무리 오랜 시간을 궁굴려도 쉬이 부서지거나 없어지지 않는다. 다만 표면에서 침잠되고 내면화되어 가고 있을 뿐이다. 한때는 세월만 한 약이 없다고 믿었는데 그게 다는 아니었다. 거대한 바윗덩어리가 닳아서 조약돌이 되었을 뿐이다. 그것은 손만 뻗으면 닿을 수 있는 주머니 속에 늘 자리하고 있다는 것도 알았다.

죽음은 그리움과 슬픔을 동반한다. 아픔과 고통도 동반한다. 이것들은 멀리 있는 것이 아니었다. 방금 밥 먹고 헤어진 지인이 몇 시간 뒤에 사고로 유명을 달리했다는 비보를 들으면 선뜻 믿기지 않는다. 언제까지나 든든한 버팀목이 되어 주리라 의지했던 부모님의 부재도 현실을 부정하게 했다. 오랜 시간이 흘렀지만, 아직도 주머니 속의 조약돌은 손에 잡힌다. 삶과 죽음의 경계를 지워 버리고 시공을 초월한 4차원적인 현실이 일어나길 바라지만 상상일 뿐이다.

이태원 참사 유족들도 사랑하는 사람을 잃은 아픔과 고통이 쉬이 사라지지 않을 것이다. 그들만의 방식으로 터널의 끝에서 빛을 향해 나아가는 통로가 하루빨리 만들어지길 염원하지만, 세월이 약이 아니듯 그들의 래빗홀(rabbit-hole)은 어디쯤일지 감이 오지 않을 뿐이다.

* 동티 : 건드려서는 안 될 것을 공연히 건드려 걱정이나 해를 입음.
** 귀양풀이 : 제주도에서 사람이 죽으면 저승으로 잘 가도록 비는 굿.

말의 온도 차

　오랜만에 빙도차(茶)를 우렸다. 입안 가득 퍼지는 차향. 목으로 넘어가는 느낌도 좋았다. 며칠 동안 남편과 서먹서먹하던 사이가 화해도 끝났기 때문일까. 차의 오묘함은 찻잎과 물이 아니라도 날씨나 기분에 따라 미세하게 다른 맛을 내기도 한다. 차를 우리는 주인의 기분을 손끝이 알아차렸나 보다. 햇살 한 조각도 낮은 창으로 들어와서 차를 청한다.

　햇살은 차탁에 마주 앉은 남편 모습을 여과 없이 비춰준다. 세월이 느껴진다. 성긴 머리칼, 내려앉은 눈꺼풀, 탄력 잃은 피부. 아픈 허리는 걸음걸이마저 뒤뚱거리게 한다. 며칠 전 심하게 대들었던 게 후회된다. 마음은 그게 아닌데 심사가 뒤틀리는 말을 쏟아부었다.

진심이 아니라고 말을 할까 하다가 참았다. 얼마를 더 살아야 자존심을 내려놓을 수 있는지 모르겠다. 먼저 다가오기를 기다리면서 어린아이처럼 구는 데는 남편이나 나나 오십보백보다. 속마음은 어줍게 감춰 두고 말이다.

지나고 보면 큰일을 놓고 냉전을 벌이는 게 아니고 작은 일에 사활을 걸 때가 있다. 남편이 말실수를 한 것은 맞다. 그에 나도 예민하고 날카롭게 굴었던 것도 사실이다. 남편은 말 한마디 잘못하고 돌려받은 말은 열 배나 되었다. 말이 자신을 지키는 무기가 되기도 하지만 때로는 자신을 파멸로 몰고 가는 정치인들을 보면 혀를 차면서도 정작 내가 당하면 자제력을 잃고 마니 한심한 노릇이다.

말에도 온도가 있다는 것을 모르지 않는다. 의도치 않게 불쑥 튀어나와 당황스럽게 만든다. 그 사실을 깨달았을 때는 이미 엎질러진 물이다.

어제도 자주 가는 한의원에서 간호사와 실랑이가 있었다. 무릎에 붙인 전기 치료기를 사정없이 떼어 내는 바람에 환부가 더 아파서 한마디했다.

"나는 물건이 아니다. 살살 다뤄라."

전부터 쌓였던 감정이 폭발한 것이다.

그런데 "제가 어쨌다고 그러세요. 저는 치료를 도와 주고 있을 뿐이에요." 얼굴색도 안 변하고 큰 소리로 마구 쏘아붙이는데, 황당했다. 원장에게 교육 잘 시키라고 한마디하고 싶었는데 마침 원장이 쉬는 날이라 참고 집에 왔다.

내가 한 말이 간호사가 받아칠 만큼은 아닌데, 집에 와서도 찜찜한 기분이 가라앉지 않았다.

"죄송해요. 조심할게요." 이 한마디면 넘어갈 일인데, 그에게도 무슨 언짢은 일이 있었던 걸까, 아니면 원래 성격이 그런 걸까?

분이 덜 풀려 내일은 원장에게 꼭 말하겠다며 씩씩대는 내게 남편이 거들고 나섰다.

"요즘 젊은이들은 우리 생각과 많이 다르다는데, 어쩌면 당신 말이 간호사를 자극했을지도 모르니 며칠 더 지켜봐요. 그래도 나아지지 않으면 그때 당신 생각대로 하는 게 좋을 거 같아요."

남편의 말은 젊은 간호사와 세대 차이 때문에 생긴 일일지도 모른다는 것처럼 들렸다. 하지만 권리와 의무 앞에

세대 차이라니, 강한 부정이 일었다.

'간호사는 환자를 편안하게 보조해야 할 의무가 있고, 나는 환자로서 요구할 권리가 있다. 그러니 내 말에 토를 달고 대들어서는 안 된다. 책임과 의무를 게을리하는 간호사의 행동을 지적하는 것은 당연하다. 그래서 기분이 매우 나쁘다.'

이런 생각들로 가득 차서 내 말이 간호사에게 어떤 온도로 다가갔을지는 생각 밖이었다. 내가 느낀 감정에만 집착했다. 한의원을 바꿀까도 생각했다. 그러나 그것도 쉽지 않다. 집에서 가깝고 주차하기도 좋고 원장에게 받는 치료가 마음에 들기 때문이다.

그럼 남편 말대로 며칠 지켜볼까? 그래도 달라지지 않으면 원장한테 일러? 아니면 보조 치료는 말고 침 치료만 받을까? 그러면 간호사와 부딪칠 일도 줄어들겠지? 머릿속으로는 원장에게 이르느냐 마느냐, 그 한의원을 가느냐 마느냐, 두 마음이 교차하면서 혼란이 왔다.

잠시 침묵이 흘렀다. 차를 몇 잔 마시는 동안 마음이 풀리면서 평정이 찾아왔다. 그제야 오늘 내가 한 말의 온도는 몇 도였는지 다시 한번 생각하게 되었다. 물론 듣기 좋게 말했을 리는 만무하고, 그렇다고 격앙되지도 않았다. 지극히 사무적인 말투인데 간호사가 느끼기에는 불편하게 들렸나 보다. 여기까지 생각이 미치자 그래, 이기는 것보다 지는 내가 되어 보자. 이기는 것만이 능사는 아니니까.

기분 좋은 말의 온도를 온도계로 잴 수는 없어도 감은 온다. 사람의 체온만큼이면 적당하지 않을까 한다. 그 감을 잘 살리면 서로에게 상처가 되는 말은 삼가고 사람과의 관계도 잘 유지되지 않을까 싶다.

가까운 사이일수록 말로 상처를 주고받는 일이 종종 있다. 마주 앉은 남편과도 가깝다는 이유로 곧잘 상처를 주고받는다. 우리 속담에 '말이 씨가 된다'고 했는데, 좋은 말이 좋은 열매를 맺는 것은 자명하다.

내일은 주저하지 말고 한의원을 갈 것이다. 간호사를 보면 말 대신 환하게 웃어 줄 생각이다. 그 웃음이 더 큰 웃음을 데리고 올지도 모르니까.

소년의 세 번째 낙타를 타고 싶다

　뜰에 목련이 두 번이나 피고 졌다. 금방 지나가리라 여겼던 코로나가 아직도 기승을 부리니 마치 유치장에 갇힌 기분이다. 그나마 '걸어서 세계 속으로'나 '세계테마기행' 같은 프로그램이 있어 답답한 마음에 숨통이 트이는 것 같다.

　그날도 패키지로 다녀온 적이 있는 두바이를 거쳐 카사블랑카에서 사하라사막까지 가는 여정을 보고 있었다. 광활한 사막과 낙타와 베두인들. 순간 2년 전 그곳에서 만난 소년이 느릿느릿 내 기억 속으로 낙타를 몰고 들어왔다.

　신화 속 거인 아틀라스의 전설이 전해져 오는 땅 모로코.

설산과 황금빛 사막의 나라. 아부다비를 거쳐 카사블랑카 공항에 내리는 순간 매캐한 쇠똥 냄새가 제일 먼저 반기는 모로코. 기대되는 여정이 시작되었다.

하얀 집들이 즐비한 카사블랑카 시내와 알라신의 상징인 우뚝 솟은 모스크를 둘러보고, 천 년 전에 베르베르인들이 세운 왕국의 수도였던 미라케시로 들어섰다. 과거와 현재가 공존하는 도시 미라케시는 아틀라스산맥의 입구이자 사하라사막으로 가는 관문이기도 하다.

제마엘프나 광장에서 마차를 타고 구도심과 신시가지를 둘러본 후, 드디어 아틀라스산맥의 끝도 없이 펼쳐진 황토빛 사막에 들어섰다. 하이 아틀라스산맥에 터를 잡은 베르베르인들은 동굴을 파서 살기도 하고, 사람이 사는지조차 모를 정도의 진흙으로 지은 집에서 살고 있었다. 황토빛 사막이 지루하다 싶을 때 어쩌다 계곡 주변의 풀밭을 보면 반가운 사람을 만난 듯했다. 만년설이 녹아 흐르는 계곡물은 베르베르인들에게 생명수가 되어 주었다. 신은 사막을 버리지 않았다.

버스 차창 너머로 아틀라스 최고봉인 투브칼산을 넋 놓고 감상하다 보니 드디어 사하라사막 모래밭에 도착했다.

우리는 모래바람을 막으려고 터번을 사서 코와 입을 가리고 머리에 둘렀다. 누가 누군지 모를 정도였다. 서로의 눈만 바라보았다. 우리를 기다리고 있는 낙타 무리 앞으로 갔다. 이 낙타를 타고 모래 언덕에 올라 사막의 석양을 감상할 참이었다.

낙타 고삐를 쥐고 있는 사람들은 모두 나이가 들어 보였다. 그런데 유독 앳된 소년이 눈에 띄었다. 미소년 같은 얼굴에 살짝 나온 뻐드렁니가 나를 닮은 것 같아서 왠지 낯설지 않았다. 속으로 저 아이가 끄는 낙타가 내 차례가 되면 좋겠다고 생각했다.

재수가 좋았다. 소년의 손님이 되었다. 어른들 틈에서도 주눅 들지 않고 낙타를 부리는 솜씨가 능숙했다. 소년과 낙타는 '나는 너, 너는 나'인 것처럼 숨 쉬는 것까지 한몸이 된 듯했다.

낙타의 넓적한 발바닥은 삶의 무게를 짊어진 생의 일부처럼 애잔했다. 낙타가 짊어진 삶의 무게 위에 내 몸의 무게를 더하는 것이 미안했다. 하지만 그들 생계에 도움이 된다면 몇 번이라도 타고 싶었다.

모래 언덕 위로 지는 노을이 사막을 지배하고, 그 장관에 압도된 나는 숨이 멎는 듯했다. 주체할 수 없는 눈물이 볼을 타고 내렸다. 잠깐이지만 사막 한가운데서 이런 광경과 마주하고 있다는 게 믿어지지 않았다.

한참 뒤 낙타와 사람들이 눈에 들어왔다. 우리를 태우고 온 낙타도 사람도 무표정하게 앉아 있었다. 여행객들이 구경을 마치기만을 기다리고 있는 듯 보였다. 나를 태우고 온 소년과 낙타만이 개구쟁이처럼 놀고 있었다. 둘이 목을 껴안고, 얼굴을 비비고, 입을 맞추고, 입안과 혓바닥을 닦아 주고 쓰다듬으며 일심동체가 되어 있었다. 나는 노을을 감상하는 것도 잊고 그 모습을 한참 지켜보았다. 낙타가 웃고 있었다. 소년도 웃고 있었다. 나도 웃었다. 미묘한 파문이 우리 셋 사이로 번져 나갔다.

"소년아, 너의 웃음을 사랑한다. 사하라의 노을보다 더 사랑한다."

나는 속으로 이렇게 외치며 소년에게 묻고 있었다.

"지금 행복하니?"

"네, 나에겐 꿈이 있으니까요."

"그 꿈이 뭔데?"

"돈을 많이 벌어서 낙타 세 마리를 사는 거예요."

낙타 한 마리를 세 마리로 불려서 더 많은 사람을 태우고 싶다고 했다. 불어나는 낙타 수만큼 돈이 벌리면 가족들을 지금보다 더 행복하게 해 줄 수 있다고도 했다. 그러면서 도시보다 사막이 더 좋다고 잇몸을 활짝 드러내며 웃어 보이는 소년은 열다섯 살이었다. 작은 가슴을 크게 열어 보이는 그는 소년 가장이었다. 왠지 소년의 웃음 앞에서 때가 낀 나의 웃음은 빛을 잃어 가고 있었다.

그리고 2년. 그 소년은 지금쯤 꿈을 이루었을까?

이 지독한 코로나가 물러가고 다시 여행할 수 있게 된다면, 나는 다시 사하라사막으로 가겠다. 가서 그 소년을 만나 그의 세 번째 낙타를 타고 싶다.

보라색 옷을 입고

　김천을 가려고 동대구역에서 기차를 탔다. 그곳에 '김호중 소리길'과 그가 다닌 김천예고가 있어서였다. 울릉도에서 나와 대구에서 하룻밤을 보내며 친구들과 급하게 잡은 일정이다. 꼭 가 보고 싶은 곳이었는데 기회가 온 것이다.

　'김호중'은 팬카페 회원 가입을 할 정도로 좋아하는 가수다. 카페 '아리스'는 내가 가입한 몇 안 되는 카페 이름이다. 한 가수를 열렬히 응원하기 시작한 것은 길어진 코로나로 일상이 마비된 시기에 맞춰 트로트 열풍이 불면서 내게도 변화가 일어났다.

　기차 여행에 익숙지 않은 일행은 좀 들떠 있었다. 더군다나 좋아하는 가수의 행적을 찾아가는 길이라 나이도 잊은 채 창밖 풍경에 도취되었다. 추적추적 내리는 비가 미세먼지를 말끔히 씻어 줘서 차창 밖 봄 풍경은 더욱 풋풋했다. 비를 머금은 배꽃과 사과꽃에서는 벌써부터 과일 향이 풍겨 오고, 만발한 조팝나무꽃은 눈송이를 한 움큼씩 붙여 놓은 것 같았다. 전날까지 울릉도와 독도를 오가면서 뱃멀미 때문에 긴장했던 여독 따위는 말끔히 날아가고 없었다. 연초록빛과 더불어 자유로운 4월의 향연에 초대받은 기분이었다.

풍경에 취해 있는 사이 김천역에 도착했다. 택시를 타고 '김호중 소리길'에 들어섰다. 그가 다닌 학교를 시작으로 좁은 골목길 벽엔 '아리스'의 상징인 보라색 바탕에 노랫말과 악보가 그려져 있고, 호중의 노래가 벽을 타고 흘러나왔다.

골목을 빠져나가자 연화지 주변의 벚나무와 수양버들이 운치를 더해 주고, 가수의 얼굴을 그려 넣은 카페와 음식점들이 즐비했다. 한 사람이 주변 상권을 살리고 있었다. 불현듯 어머니 말씀이 떠올랐다. 큰 나무 덕은 없어도 큰 사람 덕은 있다는 말씀. 가슴에 와 닿는다. 호중의 노래가

연화지 물결을 타고 마음속으로 스며들고, 연꽃이 피면 다시 오고 싶다고 입을 모았다.

가수의 모교로 향했다. 교정은 학생들이 중간고사 기간 이라 방문객을 최대한 차단하고 있었다. 정문을 피해 후 문으로 조심스레 안으로 들어갔다. 한동안은 시끌벅적했 을 텐데 지금은 가라앉은 듯 조용했다. 이곳 음악의 산실 에서 보배 같은 가수가 탄생했고, 앞으로도 제2, 제3의 후 예들이 자라고 있다고 생각하니 기대가 컸다. 예고생들의 꿈이 영글어 멀리 높이 이상을 펼치기를 기원했다. 학생 들에게 방해가 되지 않으려고 '트바로티의 집'이라는 정자 는 멀리서 눈도장만 찍고, 참스승과 제자의 모교에 왔다 는 것만으로도 만족했다.

사실 호중이라는 가수에게 끌리게 된 것은 천재적인 재 능뿐만은 아니다. 성악가의 길을 밟았음에도 녹록지 않은 현실의 벽에 막혀 두각을 드러내지 못했던 지난날이 안타 까웠을 뿐더러, 또한 평탄하지 않았던 유년 시절에 대한 연민이 작용한 탓이기도 하다. 그래서 가족 같은 심정으 로 그를 지지하고 응원한다. 작은 마음이라도 보태면 그 가 감당해야 했던 외롭고 고독한 시간들을 잊고 노래에

열중할 수 있는 용기가 충만해지지 않을까 싶어서다.

내가 팬이라고 자부하면서 하는 일은 가끔 카페에 들어가 새 소식이 올라오면 '좋아요'를 누르고 '사랑해요. 홧팅!' 댓글을 달고, 음반을 사서 듣는 것이다. 이 정도만으로도 예전에는 상상하지 못했던 일이다. 그래도 10대, 20대에 못해 본 팬 놀이에 합류하니 시대의 흐름을 타는 젊은이라고 으스댄다.

연예인이 팬심으로 산다고 한다면, 팬 또한 연예인에 대한 팬심으로 산다. 아픔도 이겨 내고 역경에 처했을 때도 힘이 된다. 이역만리 타국에서도 예외는 아니다. 코로나가 한창 극성일 때 미국에 사는 조카의 전화를 받았다.

"작은엄마! 미국이 우리를 버린 것 같아요. 무섭고 두려워요. 그런데 임영웅의 노래가 버틸 수 있는 용기를 주고 있어요."

조카는 이십 년이 넘는 이민 생활에서 요즘처럼 좋아하는 가수의 노래가 위안이 되어 준 적은 처음이라고 했다. 코로나가 수많은 생명을 앗아가고 죽음의 그림자가 드리웠을 때 미국의 대통령보다 임영웅이라는 가수에게 한 가닥 위안을 받으며 향수병까지 달래고 있다고 했다. 가수는 단순히 노래만 하는 풍각쟁이가 아니고 힘들고 외로운 영혼도 치유해 주었다.

지난봄 남해를 여행할 때가 떠오른다. 섬진강 줄기의 하동에서였다. 일행 중 한 명이 정동원의 팬이어서 '동원 길'을 가 보고 싶어 했다. 그는 아픈 동생이다. 외롭고 만신창이가 된 몸과 마음을 동원의 노래를 들으며 견디고 있다고 털어놓았다. 동원의 노래는 한 줄기 빛처럼 다가와 삶의 의욕과 희망을 준다고 했다.

'동원길' 초입에 있는 '우주 총동원'은 동원이 살던 옛집을 허물고 들어선 3층집이다. 1층과 2층 카페는 동원의 사진과 브로마이드로 장식했다. 그가 동원의 집에 들어서자 아픈 것도 잊고 눈에서 생기가 도는 것을 봤다. 다리에 깁스를 하고 지팡이에 의지해 절뚝거리는 다리로 2층 계단을 오르내리면서도 불편한 기색이 없었다. 사진을 찍어 주는 나도 행복이 전이된 느낌이었다.

이다음에 나도 누군가를 의지하고 힘이 되어 줄 상대가 필요할 때 호중의 노래를 들으며 묵묵히 이겨 낼지도 모르겠다. 왜냐하면 선한 사람의 노래와 영향력은 의사와 약사의 처방과도 같은 것임을 알아가는 중이니까. 그리고 소외

된 이웃을 돌아보고 재난 지역을 돕고 좋은 일에도 앞장
서는 팬덤의 선한 영향력도 지지하면서, 부담스럽지 않은
아리스 팬덤의 일원으로 좋은 일에 동참할 날이 오지 않
을까 싶다. 나의 작은 힘이 누군가에게 위로가 되어 준다
면 더없이 좋을 것이다.

김천을 떠나면서 호중의 제대 날이 기다려진다. 그리고
이어지는 콘서트 소식에도 기대가 크다. 머지않은 날 보라
색 옷을 입고 아리스의 한 사람으로 콘서트장을 찾을지
도 모르겠다.

어머니의 대나무

　오래전 100호쯤 되는 '묵죽도' 한 점을 가지고 있었다. 밑동 없이 줄기와 굵은 마디만 그린 그림이었다. 몸통에서 나온 가지에는 길고 날렵한 댓잎이 옆으로 자라 있고 여백은 바람이 지나는 길인 듯 무심했다. 그림이 너무 커서 좁은 마루 한 벽을 다 차지하고 있어 어느 지인에게 주고 말았다. 누가 그렸는지 생각나지 않는다.

　대나무 하면 왠지 선비의 품격 같은 게 느껴진다. 일찍부터 사군자의 하나로 대접해 온 때문이었을까. 그림이 아닌 살아 있는 대나무 몇 그루쯤 있으면 좋겠다고 생각했다. 그러던 중 지인이 과수원을 정리하면서 버리는 왕대

여남은 그루를 얻어 와 심었다. 그런데 몇 해가 지나도 죽순은커녕 제 몸 하나 가누지 못하고 바람에 이리저리 흔들리더니 결국 반쯤 누워 버리고 말았다. 내가 기대했던 대나무가 아니어서 한동안 관심에서 멀어졌다.

그렇게 시간이 꽤 흘렀는데, 대나무가 제법 모양을 갖추기 시작했다. 흩어져서 누워 있던 나무들 사이로 꼿꼿하고 굵은 몸통의 왕대로 세를 불리고 있었다. 여남은 그루가 배로 늘어나서 이제는 바람에 사그락거리는 댓잎 소리도 들려왔다.

내가 자랄 때는 대나무로 만든 생활 도구들이 많았다. 작은 바구니 차롱이나 물건을 담아 두는 구덕, 그리고 아기를 재우는 아기구덕도 있었다. 아기구덕은 나와 다섯 동생이 평화로운 유아기를 보낸 요람이기도 하다.

그래서인지 나는 대나무로 만든 기물들을 선호하는 편이다. 다만 요즘은 아무 데서나 쉽게 사서 쓸 수 없는 게 흠이다. 큰마음 먹고 오일장을 가거나 옛날에 쓰다가 버리는 것들을 얻어다 쓰기도 한다. 그렇게 수집한 대바구니에 차를 보관하고 있다. 통풍이 잘 되고 차를 숙성시켜 주는 이점이 있어 좋다.

이 바구니들을 보면 어머니가 지우지 못한 피의 죽창이 떠오른다. 평생을 끔찍한 트라우마로 어머니를 괴롭혔던 죽창.

어머니가 열대여섯 살 때 제주4·3사건이 일어났다. 어머니는 중산간 마을 한경면 저지리에서 할머니와 단둘이 살고 있었다. 외할아버지는 경찰의 총탄에 유명을 달리하기 전까지 부임지에서 작은할머니와 살고 계셔서 어머니와 따로 산 지는 오래되었다.

난리가 나자 이웃에서 농사짓던 사람들이 폭도가 되어 산속으로 숨어들어 갔다. 난리는 날이 갈수록 흉흉해지더니 결국 살벌한 상황에까지 치닫고 있었다. 마을 사람들은 낮에는 군경과 토벌대에게 시달리고 밤이 되면 무장대라 불리는 산사람들에게 시달렸다. 토벌대원과 마을 사람들은 당번을 정해 불침번을 섰고, 그런 날이면 산사람들을 토벌하는 데 불려 나갔다.

어머니도 불침번을 서는 날이면 토벌대에 불려 나갔다. 그리고 산속으로 들어갔다. 싫다거나 못 간다고 한마디라도 했다가는 당신 아버지처럼 빨갱이로 몰려 죽임을 당하지나 않을까 입도 뻥긋 못했다.

외할아버지의 죽음은 공포와 두려움 그 자체였다. 외할아버지는 시골 학교 교장이었는데 밤에 누군가 학교 국기 게양대에 인공기를 걸어 놓았다. 날이 밝자 마을은 물론 학교가 발칵 뒤집혔다. 할아버지는 교장이라는 직책 때문에 빨갱이 누명을 썼다. 그대로 군경에게 끌려가 총살을 당했다. 같이 근무하던 할아버지의 조카마저도.

가족들은 빨갱이로 몰릴 것이 두려워서 시신도 수습할 수 없었다. 며칠이 지난 후에야 야밤에 고랑창에 버려진 시신을 겨우 수습해 지게에 지고 와서 가매장했다. 산천초목은 말할 것도 없거니와 땅속 미물들까지도 벌벌 떨던 시대였다.

애초에 생명이란 게 존재하기나 했는지 의문을 품을 정도로 어머니도 두렵고 무서웠다고 했다. 오랫동안 딴살림을 한 외할아버지였지만 빨갱이로 몰려 죽임을 당한 사실이 알려지면 어머니도 그리될지 모른다는 불안과 공포의 나날을 보내던 때였다.

그날도 당번 차례여서 어머니는 토벌대원과 산속으로 들어갔다. 한 사람이 토벌대에 잡혀 왔다. 한동네서 농사를 짓던 안면이 있는 남자였다. 나무에 묶어 놓고 한 사람씩 돌아가며 죽창으로 찔렀다. 결국 얼마 못 견디고 그 사람은 죽고 말았다. 그제야 비로소 자기들이 무슨 일을 저질렀는지 깨닫기 시작했다. 무거운 침묵이 엄습해 왔다. 그렇게 잠시 시간이 멈춰 섰다. 그때 한 사람이 소리쳤다.

"폭도는 사람도 아니다!"

그러자 사람들이 여기저기서 소리쳤다.

"맞주게. 우린 폭도를 죽인 거난 잘못한 게 아니주."

"경허여도 귀신보다 사람이 더 무서운 게."

귀신보다 더 무서운 것이 폭도를 찔러 죽인 자신들을 말하는 것인지, 아니면 그렇게 하도록 시킨 자들을 가리키는 것인지 알 수 없는 소리를 지르면서 산을 내려왔다고 한다.

어머니가 죽창을 들었을 때만 해도 군경은 당신 아버지를 죽인 적이며 원수였다. 그런데 어머니는 그들과 한편이 되었다. 누가 죄를 만들고 누가 빨갱이를 만들었는지, 우익이니 좌익이니 하는 이념 같은 것을 알 리도 없었다. 그렇다고 폭도에게 무슨 적의가 있는 것도 아니었다. 복수심도 아니었다. 그냥 살아남기 위해 폭도를 죽이는 데 가담한 것이다. 우익에게 당신 아버지가 죽임을 당했는데도 그

우익을 도와 좌익을 죽이는 데 한몫을 했다는 것이다. 그러니 꿈속에서 이웃 남자가 피를 흘리며 죽어가던 처절한 모습과 당신 아버지의 일그러진 얼굴과 죽창이 한데 엉켜 밤마다 악몽에 시달렸던 것이다.

'아니오, 못해요!'라는 말을 할 수 없었던 어머니의 통한. 그것은 곧 자신의 목숨과 바꿔야 하는 용기를 요구했던 것이다. 당시 상황이 그랬다.

어머니는 팔십여 생을 붉은 죽창으로 자신의 가슴을 찌르며 살았고, 결국 가슴에서 뽑지 못한 채 돌아가셨다. 어찌 보면 어머니의 대나무와 나의 대나무는 다른 시선, 다른 느낌이었다.

오늘따라 댓잎 위로 내리는 가을비가 서늘하다. 지금은 비록 먼 길을 떠나셨지만 댓잎 위로 흐르는 빗물에 어머니의 아픈 상처도 씻겨 내려가 이제는 더 이상 어머니의 대나무가 피의 대나무, 살생의 대나무, 공포의 대나무가 아니길 바란다. 차롱과 구덕에 먹을 것을 담아 들로 산으로 밭으로 다니면서 가난하지만 넉넉했던 그때만 기억하고, 애기구덕에서 여섯 남매 쑥쑥 길러 낸 사랑스럽고 평화로운 대나무로 기억되었으면 좋겠다.

부디 앞으로의 대나무는 선비의 덕이고, 지조와 절개의 상징이면서, 평화의 대나무가 되었으면 한다. 또다시 죽창에 피를 묻히는 비극이 일어나서는 안 될 것이다.

코로나19의 역설

　봄을 알리는 꽃들이 마당 여기저기에 제법 화사하게 피었다. 봄은 어김없이 찾아왔는데 사람들의 일상에는 먹구름이 끼었다. 뭍으로의 나들이도 취소되고, 여행도 기약 없이 연기된 지 두어 달이 더 된다.

　각종 매스컴은 코로나19 소식으로 도배를 하고 있다. 뉴스에 민감해졌고, 불과 몇 달 사이에 라이프 스타일이 변했다. 눈에 보이지도 않고 그림자도 없는 미생물이 지구촌을 들었다놨다하는 장면은 마치 공상과학영화 한 편을 지구 밖에서 관람하는 기분이다.

　알베르 카뮈의 《페스트》에도 의문의 바이러스 앞에서

한없이 작아지는 인간의 모습이 나온다. 코로나19의 역병도 인류사에 커다란 경종을 울리고 패러다임을 바꾸어 놓았다. 마스크를 쓴 채 거리를 둬야 하고, 오랜만에 만나는 지인들과도 주먹 한 번 부딪히는 걸로 대신하고, 그것도 모자라 각종 피로연이 취소되고, 부모님 병문안도 사절하는 세상이 되고 말았다.

이제는 말보다는 디지털 세상에서 문자에 익숙해져야 한다. 앞으로 그동안 익숙했던 것들과 결별하고 새로운 틀을 짜야 하는 시대가 오고 있음이다.

방콕으로 이어지는 생활권은 글로벌 공간에서 사방 몇 미터밖에 안 되는 좁은 공간으로 축소되고, 남편과 차실에서 보내는 시간이 많아졌다. 낮은 창을 통해 마당을 내다보는 걸로 하루가 시작된다. 차 맛을 논하기보다 세상 이야기가 화제에 더 오른다. 언제쯤 코로나에서 자유로워질까, 경제는 언제 회복될지, 확진자가 얼마나 늘어나는지, 코로나의 끝은 언제인지.

차실에서 정면으로 보이는 곳에 작년에 애지중지 심은 자목련이 봉긋한 꽃봉오리를 밀어 올리기 시작했다. 그런데 직박구리와 굴뚝새, 까치 떼들이 번갈아 가며 채 피지도 않은 꽃봉오리를 쪼아먹어 자목련꽃을 보지 못했다. 혹시 새들에게도 코로나의 영향이 미치는 건 아닌지 생경한 광경을 보았다.

여느 때 같으면 봄과 함께 잦은 여행으로 집을 자주 비웠을 것이다. 그런데 올해는 집 주변을 산책하는 걸로 대신하고 있다. 산책로에는 봄나물이 지천이다. 구수한 향으로 무장한 쑥, 야들야들한 동지나물, 향긋한 달래. 연한 쑥으로는 부침개도 부쳐 먹고, 진하게 우려낸 육수에 한 움큼 넣고 들깨가루를 풀어 끓인 쑥국은 도다리가 없어도 진미다. 달래김치의 알싸한 향도 밥도둑이다. 삶아서 된장에 찍어 먹는 동지나물은 식이섬유가 풍부해 장에도 좋은 것 같다. 요리 솜씨 없는 내가 주방에서 머무는 시간이 많아지면서 남편이 이 변화를 흡족해하고 있다.

코로나19로 사망자와 확진자가 늘고 자가격리로 세계가 초상집인데 유전자에 변이가 온 것일까, 우리 집만 잔칫집 같다. 중국에서는 코로나19 이후 이혼율이 늘었다고 하는데, 우리 집은 역설이 되었다. 기업 하는 사람이나 가게를 하는 사람들도 고전을 금치 못하는데 한쪽에서는 호황을 누리는 업체들도 적지 않다고 하니, 이 또한 역설이다.

지구촌도 달라지고 있다. 매연과 황사로 칙칙했던 뉴델리의 하늘이 청명한 코발트색 하늘로 변했는가 하면, 베네치아 운하가 맑아졌다. 냄새나고 탁했던 물이 아닌 맑은 물속에서 물고기 떼들이 힘차게 유영하는 모습도 카메라에 비쳤다. 마약사범과 갱단들의 범죄가 줄고 주민들과 협조하는 모습도 TV에서 봤다. 서로 총질을 하던 나라끼리 방역품을 지원한다고도 한다. 자연이 살아나고 악도 선으로 변하고 있음이다.

잠시 멈춰진 시간인데 이렇게 눈에 보이지 않는 바이러스가 세상을 바꾸는 역설이 되고 있으니, 세상에는 절대 선도 없고 절대 악도 없다는 것일까? 나는 요즘 다시 생각해 본다. 나쁜 것은 나쁜 것만이 아니요, 그렇다고 좋은 것은 좋은 것만도 아니라는 생각이 든다.

인간이 만들어 놓은 덫은 앞으로도 계속될 거라고 과학자들은 말한다. 그렇다면 바이러스와 친구가 되란 말인가.

코로나로 유명을 달리한 분들의 명복을 빈다.

장을 담그며

장을 담가 먹는다. 살림살이가 서툰 나로서는 큰 도전이 아닐 수 없다. 15년째 장을 담그지만 만족스러운 장맛을 내기란 생각보다 어렵다.

어느 것 하나 똑 부러지게 하지 못하는 나는 늘 서툴고 덜렁대고 허당이다. 장을 담그는 일도 그렇다. 대충 메주와 소금과 물이 삼합을 이루면 맛은 알아서 내는 줄 알았다. 한술 더 떠서 덜 짜면 좋지 싶어서 간수를 싱겁게 했다가 그해는 장에서 군내가 난 적도 있다. 그런 간장 맛을 살린다고 다시마, 대파, 무, 북어 대가리를 넣고 끓여도 봤다.

한번 틀어진 맛은 살아나지 않았다. 그래도 포기하지 않은 것만도 어디인가 싶으니 얄팍한 자부심마저 생긴다. 서툰 솜씨지만 내가 담근 장으로 국을 끓이고 반찬을 무치고 청국장을 끓여 내는 게 대견하다고 자부한다.

어머니는 아무 날에나 장을 담그지 않았다. 장맛이 좋아야 집안이 평안하다며 그 해 장맛으로 가정의 평안을 점치곤 하셨다. 섣달그믐날은 손 없는 날이라 뭘 해도 탈이 없다고 하면서, 그믐날 아침부터 몸가짐을 정갈하게 하고 치성을 드리듯 메주와 마주하곤 하셨다. 어머니 손끝에서 정성으로 익혀 낸 된장은 맑은 물에 한 숟가락 풀어 훌훌 들이키면 한 끼 요기가 되곤 했다.

나는 어머니처럼 날을 가려 장을 담그지는 못했다. 그게 무슨 의미가 있으랴 싶어서 무시하기도 했지만, 무엇보다 생업으로 바빴으니 한가한 날이 곧 좋은 날이라 여겨 대충 흉내 내는 걸로 대신했었다.

그런데 이번에는 어머니가 하던 대로 섣달그믐날을 장 담그는 날로 정했다. 메주는 미리 씻어서 그늘에 말려 두었다. 달라진 것은 항아리에 받아 며칠간 정화시킨 물이 아니고 삼다수로 바뀌었고, 동전을 띄워서 간을 보던 방식이 아니고 전통된장학교에서 받아온 방식대로 따라서 했다.

메주 두 말, 천일염 8킬로그램, 삼다수 13병, 그리고 참 숯에 대추와 메주를 눌러 줄 대나무 가지까지 완벽하게 갖추고 여느 때보다 신중한 마음으로 그믐날을 기다렸다.

그날 아침 준비해 놓은 간수를 항아리에 붓고 메주를 차곡차곡 넣어 대나무로 메주가 뜨지 않게 얽은 다음, 달군 참숯과 건고추와 대추를 한 움큼 띄우면 다 될 일이었다.

그런데 일을 만들고 말았다. 전통학교 방식에 어머니 방식을 혼용하지 않아도 될 일이었다. 500원짜리 동전을 띄워 그 크기만큼 뜨지 않으니, 전날 밤에 소금을 들이부은 것이 일을 만들고 말았다. 그 소금이 녹지 않고 항아리 굽에 잔뜩 가라앉아서 아무리 저어도 녹을 생각이 없는지 요지부동이었다.

보다 못한 남편이 소금을 건져 끓이면 될 걸 힘만 뺀다고 팔을 걷어붙이고 나섰다. 소금을 건져 끓이기 시작하자 불에 녹아서 물이 돼야 할 소금이 팥죽 끓듯 팔딱팔딱 튀면서 죽이 되었다. 물에서도 안 녹고 불에서도 녹지 않으니 예기치 못한 복병 앞에 당황했다. 나중에야 알았다. 염분 농도가 너무 진해서 벌어진 삼투압 때문에 소금이 녹지 않았다는 것을. 15년 장 담그기 경력이 무색했다.

어찌 보면 장 담그는 것도 과학인 것 같다. 예전에 어머니의 지혜가 곧 과학이었다. 과학의 지혜로 잘 발효된 된장, 간장을 만들어 가족의 일 년 양식을 얻으신 게다.

어머니와 떨어져 산 세월이 많았다. 그래서 어머니의 살림 솜씨도 다 배우지 못했다. 배워야겠다고 생각했을 때는 이미 늦은 후였다. 어머니는 연중행사를 그르치지 않으려고 심혈을 기울였다. 좋은 콩을 골라 알맞게 삶고 으깨어 메주를 만들었다. 짚을 꼬아서 메주를 잘 띄우고 항아리에 넣을 때까지 한시도 긴장을 놓지 않았다. 그리고 서두르지 않았다. 장이 익어 가고 가족이 무탈한 것을 지긋이 지켜보았다.

우여곡절 끝에 허연 소금기를 잔뜩 뒤집어쓰고 지인의 도움으로 장 담그기가 일단락됐다. 장 항아리는 볕 바르고 기울지 않는 남향에 자리했다. 어머니가 정한수를 떠 놓고 가족의 안녕을 빌던 성소(聖所) 같은 곳. 어머니의 성소를 공유하고 싶다.

어머니의 바람처럼 기도한다. 햇살의 좋은 기운을 얻어 장이 잘 익어 가기를. 그래서 맛있는 장맛으로 집안이 평안하기를 소망한다. 두어 달쯤 지나 장을 가를 때 어머니의 장맛처럼 맛깔스럽고 감칠맛이 났으면 좋겠다.

　육십 년을 넘게 살고서야 발효음식 앞에서 지혜를 배운다. 발효가 잘되어야 장맛이 나듯 더불어 나도 잘 익어 가는 중이기를 빌어 본다. 하기야 익어 가는 것이 어디 장맛뿐이랴. 사람도 익어 가는 가운데 진정한 인품을 갖춘 사람이 되면 얼마나 좋겠는가.

거꾸로 흐르던 할머니의 시계

    나는 중학교 2학년과 3학년을 할머니와 함께 살았다. 부모님이 계신 서귀포로 전학 가기가 싫어서였다. 시골에서 낯익은 친구들과 지내는 것이 좋았고, 익숙하지 않은 도시가 몸에 안 맞는 옷처럼 불편했다. 주말은 부모님과 보내고 주중은 할머니와 지내면서 밤마다 할머니의 말동무가 되어 드렸다.

    할머니는 어렸을 때 열이 나고 아파 옆 동네 의원에서 침을 맞은 게 잘못되었다고 한다. 그 후유증으로 왼쪽 팔다리가 마비되어 반신이 부자연스러운 할머니는 딸 셋인 할아버지에게 시집을 왔다. 그리고 어른들의 바람대로 내리 아들 셋을 낳았다.

그러나 아들 낳은 보람은 오래가지 않았다. 할아버지가 돌아가시고 금지옥엽 큰아들마저 일찍 곁을 떠났다. 둘째 아들인 나의 아버지가 가장이 되었다. 귀한 아들, 할머니의 애정은 지나칠 만큼 특별했다.

4·3사건이 일어나 마을 사람들이 끌려가고 죽는 걸 보면서 아들이 잘못되지 않을까 노심초사하던 중 아버지가 지서에 잡혀갔다. 우려하던 것이 현실이 되고 말았다. 할머니가 할 수 있는 일은 힘 있는 친척을 찾아가서 아들을 구해 달라고 호소하는 것이 최선이었다. 그분은 우리 마을뿐 아니라 인근 마을에서도 알아주는 유지였다.

서슬 퍼런 시절에도 솟아날 구멍은 있었다. 친척 어른의 도움으로 아버지는 목숨을 부지하고 풀려났다. 그러나 감시는 더 심해졌다. 언제 또 잡혀갈지 몰라 날선 칼 위에 서 있는 것처럼 공포의 날이 이어지던 그때 6·25가 터졌다. 수많은 젊은이들의 죽음을 불러온 전쟁이 아버지에겐 삶의 기회가 되었다.

아버지는 군대에 가는 길만이 살길이다 싶어 열여덟 살에 해병대에 자원입대했다. 의지하던 아들을 전쟁터에 보내

놓고 할머니는 6년을 수도승처럼 기도에 매달려 사셨다.

끼니마다 보리쌀을 씻어 사발에 담아 솥에 쪄냈다. 찐 밥 모양을 보고 할머니만의 방식으로 아들의 생사를 가늠했다. 사발밥이 흐트러지지 않고 봉긋하게 쪄지면 아들이 무사하다고 믿었고, 어느 한쪽으로 기울거나 처지면 변고가 생겼을까 동동거렸다. 그렇게 지은 밥을 동녘 하늘을 향해 올리면서 아들이 무사하기를 빌고 빌었다.

전쟁이 끝나고 아들이 살아서 돌아왔다. 그제서야 할머니는 두려움과 공포에서 벗어나 평범한 일상을 살 수 있었다. 그 귀한 아들이 여섯이나 되는 손자 손녀를 안겨 드리고 마을 일도 열심히 하니 할머니에게는 큰 산처럼 든든했을 것이다.

할머니는 돈 나올 구멍이 없었지만 어디서 쌈짓돈이 생기면 아들 옷 주머니에 몰래 넣고 시치미를 떼기도 하고, 그것이 통하지 않자 한 단계 진보한 작전을 펼치기도 했다. 아들이 출장을 갈 기미가 보이면 버스 정류장에 미리 나가서 망을 보다가, 아들이 버스에 오르기 직전 재빨리 주머니에 돈을 넣어 주면 거절할 새도 없이 버스는 출발했다. 고산 오일장에서 겨우 우무 한 사발 먹은 힘이 발휘되는 순간이었다. 할머니의 기쁨이자 낙은 오로지 아들을 향해 있었다.

  아버지의 삶도 녹록지 않았다. 고향에서 할머니를 모시고 오래 살리라던 소망은 물건너갔다. 어쩔 수 없이 다시 할머니와 떨어져 살아야만 했다. 할머니가 돌아가시기 몇 해 전에야 제주시에 있는 집으로 모셨다. 갑자기 환경이 바뀐 탓인지 가로등 불빛이 할머니를 오십 년도 더 된 덴 가슴의 기억을 소환하고 말았다. 높은 데 매달려 있는 가로등 불이 집과 마을을 태우는 불더미로 보였던 것이다. 아무도 할머니의 의식 속에 4·3과 6·25가 이토록 깊이 각인되어 있는 줄 몰랐다.

  그 무렵 아버지는 퇴직하고 소일거리로 자동차 공업사에서 야간 근무를 하고 있었다. 아버지가 저녁에 집을 나설 때마다 할머니는 대문 밖을 지키고 섰다가 막무가내로 아버지를 붙잡고 외쳤다.

  "이디 저디 높은 디서 불이 벌겋게 타멍 난리가 나신예, 어디 나가지 말앙 빨리 곱으라. 느 잡으레 오기 전에."

  "어머니, 난리는 오래전에 끝났수다. 저 불은 넘어지지 말렌 길을 비춰 주는 거 마씸."

"무신 말을 햄시냐. 나 눈앞에서 저영 불이 나신디."

이렇게 실랑이가 벌어지고, 할머니의 불안과 공포는 잦아들지 않았다. 아버지가 야근을 마치고 올 때까지 대문 밖에서 기다리다 지치면 모두 잠든 방과 거실을 밤새 서성이셨다. 그 바람에 밤중에 화장실 가는 식구들이 도둑이 든 줄 알고 놀라기도 했다.

전쟁이 끝나고도 할머니는 긴 세월을 전쟁의 한복판에서 계셨다. 4·3과 6·25도 구분하지 못했다. 6·25가 할머니에게 보이지 않는 전쟁이었다면, 4·3은 귀로 듣고 눈으로 보고 몸으로 겪은 전쟁이었다. 가로등 아래서 과거로 거슬러가 버린 할머니는 적으로부터 아들을 지켜야 한다는 일념 하나로 사력을 다하셨다.

그 전쟁의 한복판에서 할머니는 생때같은 아들보다 다섯 해 먼저 눈을 감으셨다. 그제야 할머니의 시계가 멈췄다. 세상 풍파에 자식을 잃을까 두려워했던 시간이 멈췄다. 비로소 거꾸로 흐르던 시계가 할머니로부터 해방되었다.

멍에처럼 지고 있던 생을 내려놓던 날, 한평생 굽어 있던 할머니의 팔이 펴졌고 손과 발도 온전해졌다. 드디어 할머니에게 평화가 찾아오려나.

내가 고맙다

　며칠 전 가끔 들르는 식당에서 본 광경이 아직도 생생하
다. 주차하고 몇 계단 올라가면 두 평 정도의 공간에 데크
가 놓여 있고 들고양이 대여섯 마리가 거기에 눕거나 앉아
있다. 사람들이 다가가도 피하지 않고 천연덕스럽다. 식당
주인은 손님들이 남긴 생선과 사료를 챙겨 주고 있었다.

　그날도 주인 부부가 먹이를 들고 "검둥아, 노랑아, 막내
야!" 하고 부르자 차례대로 주인 앞에 나타났다. 녀석들
은 밥그릇을 앞에 놓고 질서를 지키고 있었다. 먼저 먹겠다
고 카악대지도 않고 제 차례가 될 때까지 얌전히 앉아서 기
다리고 있었다. 그들 중 유독 검둥이 녀석이 밥그릇 앞에서

다른 녀석들이 마음놓고 다 먹을 때까지 꼼짝하지 않고 지켰다.

검둥이가 지켜 준 고양이는 배가 볼록한 걸 보니 임신한 애였다. 식당 주인 말이, 검둥이는 임신한 어미를 우선으로 배려하고 챙겨 준다고 한다. 하나둘 자리를 뜨자 그제서야 검둥이가 먹다 남은 밥그릇과 마주했다. 제 형제나 자식도 아닌데 그 모습을 지켜보면서 짐승이 사람보다 나을 때도 있구나, 하는 생각이 들었다.

우리 집에도 길고양이와 떠돌이 개와 새들을 위한 밥그릇이 항상 채워져 있다. 흰털과 검정털이 반씩 섞인 고양이와 노랑무늬 녀석과 호피무늬 녀석에 백구와 누렁이, 거기에다 까치와 까마귀, 산비둘기, 그 외에도 온갖 새들이 주인이다.

오늘은 연회색에 흰털을 가진 못 보던 어린 녀석이 찾아왔다. 들고양이와는 왠지 안 어울린다 했더니 아메리칸 숏헤어, 족보 있는 품종이라고 아들이 알려 줬다. 보살펴야 할 식구가 하나 더 늘었다. 주인에게 버림을 받았을까, 아니면 잠시 산책 나왔다가 길을 잃은 걸까. 마음이 무겁다.

사료에 닭가슴살 캔을 비벼서 데크 탁자 밑에 놓아

주었다. 얼마나 주렸는지 경계를 하면서도 순식간에 싹 비웠다. 내가 해 줄 수 있는 거라고는 몇 군데 놓아 둔 밥그릇에 사료를 채워 주는 게 고작이다. 그러면서 어느 시간에 어떤 녀석이 와서 얼마나 먹고 가는지 살피는 것도 일과다.

마음 같아서는 떠돌이 개나 고양이 모두 거둬 보살피고 싶지만, 정을 주었다가 떼는 게 쉽지 않아 이 정도만 하기로 마음을 굳혔다. 우리 집을 거쳐 간 떠돌이 개와 들고양이가 열 손가락을 두 번 꼽아도 모자란다. 병들고 지친 놈들이 소문이라도 듣고 찾아오는지 기껏 치료해 주고 나을 만하면 없어지기도 하고 치료 중에 죽기도 했다. 마지막으로 정을 떼고 간 고양이는 아기 주먹만 할 때 길에서 데려와 8년을 키웠다. 급성신부전증을 앓더니 입퇴원을 반복하다 죽었다.

몇 년이 지난 일이지만 집에 묻힌 녀석들 무덤 위에 백일홍, 낮달맞이, 수국을 심어 피고 질 때마다 한 번씩 떠올리곤 한다.

대문도 없고 울타리도 없는 마당은 여전히 동물의 쉼터 역할을 하고 있다. 아침이 되면 그릇마다 먹이를 채워

놓고 녀석들을 기다린다. 밤에 몰래 다녀가기도 하고 때로는 나와 눈이 마주치기도 한다. 눈동자가 참 순수하다.

엊그제는 마당 녹나무 아래 노루가 찾아왔다. 뿔이 없는 암컷이 먹이를 찾아 내려온 듯하다. 내 눈앞에까지 와서 풀을 뜯고 있으니 작은 파문이 일었다. 숨어서 지켜보다가 노루의 선한 눈동자와 마주쳤다. 무슨 말을 할 것 같은 영롱한 눈 속으로 빠져들었다. 말이 통한다면 이렇게 말하고 싶었다.

'와 줘서 고맙다.'

노루뿐 아니다. 내 집에 오는 개와 고양이들의 눈동자에 나는 곧잘 빠져든다. 그리고 슬픈지, 두려운지, 기뻐하는지도 조금은 느끼게 된다. 비록 소통은 안 되지만 눈을 맞추면서 서로 마음을 나눈다.

'밥 먹으러 왔어요.'

'많이 먹어라.'

오늘도 회색에 흰털 고양이가 다녀갔다. '예쁜이'라는 이름을 지어 줬다. 그동안 좀 더 자랐다. 나는 예쁜이만 오면 캔부터 챙겨서 맨발로 그놈을 반긴다. 어린 새끼여서 모성 본능이 살아난 걸까.

한때는 이들에게 '내가 도움을 주고 있다'고 생각했다. 시간이 지나면서 그건 착각이었음을 깨달았다. 오히려 그 녀석들이 내 마음에 따뜻한 불을 지펴 주고 있었다. 살면서 받은 상처와 아픔을 천진스러운 그 짐승들에게서 치유받고 있었다.

식당 주인 부부의 얼굴도 그들과 마주할 때만큼은 동심으로 돌아간 듯 해맑았다. 나처럼 그 부부도 들고양이를 돌보면서 주는 것 이상으로 받고 있는 듯했다. 거짓도 위선도 없는 순수한 그들과 나의 조우. 나는 그런 만남을 통해 날마다 위안과 힘을 받는다.

어느새 나도 차례로 호명을 하기 시작했다.

"예쁜아, 나비야, 메리야, 누렁아!"

마음을 다 열지 못했는지 아직도 나를 경계한다.

외증조할아버지의 무화과

집 앞 산책로 중간중간에는 먹을거리가 많다. 나서기만 하면 군것질을 할 수 있어 심심하지 않다. 씨알이 방울토마토처럼 생긴 감은 가지째 꺾기도 한다. 그냥 먹기가 아까워서 단지에 꽂아 두고 차례대로 따서 먹는다. 맛이 더해지니 좋다. 그리고 몇 그루 무화과나무는 빼놓을 수 없는 나의 간식 창고다.

주인도 없는 길옆에 뿌리를 내리고 몸통을 불린 나무는 열매도 튼실하게 키웠다. 매미가 목청을 돋워 자지러지게 울어댈 때면 비로소 수줍은 색시처럼 속살을 벌리며 익었다고 통보해 온다. 오직 비와 바람과 태양이 빚어 준 선물은 마트에서 돈 주고 사 먹지 않아도 될 만큼 충분했고, 그 자체로 훌륭한 한여름 간식이 되었다.

그날도 습관처럼 비닐봉지를 챙겨서 집을 나섰다. 산책 길에 들르는 순서가 정해져 있다. 첫 번째로 집에서 가장 가까운 좁은 길에 있는 무화과나무를 찾았다. 오늘은 몇 개를 익혀 놓았을까, 잔뜩 기대하며 나무가 있던 자리에 도착했다.

그런데 서너 그루나 되던 무화과나무가 흔적도 없이 사라지고 없었다. 나무 대신 넓은 길이 나 있었다. 아무리 바쁘게 돌아가는 세상이라고 하지만 어안이 벙벙했다. 근처에 땅 주인이 바뀌면서 길을 넓히려고 나무를 없애 버린 모양이다. 서운하고 안타까워서 한참 동안 자리를 뜨지 못했다.

언제 누가 심었는지도 모르는 나무에서 그동안 공짜로 누렸던 소소한 행복이 한순간에 사라져 버린 허탈감은 쉬 사그라지지 않았다.

외증조할아버지의 무화과나무가 떠올랐다. 하도 오래돼서 언제 없어졌는지도 가물거리지만, 아직도 기억 안에서는 할아버지의 무화과나무가 통시* 옆을 지키고 있다.

긴 올레길을 걸어 들어가면 웬만한 농장만큼 넓은 우영밭[**]과 갈아먹는 밭이 있는 곳이 할아버지네 집이었다. 나무들이 커서 크게 보였는지, 아니면 내가 작아서 나무가 크게 보였던 것일까? 할아버지가 생각날 때마다 울창한 숲이 떠오른다. 우영밭 울담을 끼고 귀하다는 단감나무 대여섯 그루와 복숭아나무와 무화과나무도 여러 그루 있었다.

  단감과 복숭아와 무화과가 익을 때면 매일 할아버지 집을 드나들었다. 단감은 홍시처럼 붉은색이 아닌데도 떫지 않고 아삭아삭 단맛이 나는 게 신기했고, 복숭아도 솜털 때문에 잘못 만지면 가렵고 두드러기가 났지만 좋은 주전부리감이었다. 무화과는 콕 집어서 말할 수 없는 묘한 맛이었다. 열매도 이상하게 생겼다. 이런 무화과를 따 먹으려면 조금 험난한 과정을 거쳐야 했다.

  통시를 끼고 바짝 서 있는 나무가 하필이면 돼지가 있는 쪽으로 가지를 쭉 늘이고 있었다. 나무에 올라 아래를 보면 발밑에 꺼먼 똥돼지가 버티고 있고, 돼지가 휘젓고 다니는 바닥에는 똥 범벅인 두엄이 깔려 있었다. 나무에서 떨어지는 순간 돼지가 가만 있지 않을 테고, 돼지를 피한다고 해도 두엄을 뒤집어쓸 게 뻔했다.

동생과 나는 적어도 무화과나무 아래서는 손발이 척척 맞았다. 나는 인니랍시고 용감한 척 나무에 올라 곡예사처럼 가지 사이를 옮겨 다니며 입 벌어진 무화과를 땄다. 동생은 통시 저쪽에서 목을 빼고 지켜보고 있다가 열매를 따서 던져 주면 받아서 한곳에 모아 놓았다. 어쩌다 잘못 떨어지면 돼지가 냉큼 받아먹었다. 잘 익고 큰 놈은 꼭 높은 가지 끝에 달려 있어 애를 태웠다. 그럴 때는 짧은 팔과 짧은 다리가 아쉽기만 했다. 통시 옆에 나무를 심은 어른들도 원망했다.

한참 실랑이를 벌이면 용을 써도 못 따는 거 몇 개만 남기고 익은 놈은 얼추 끝장을 보았다. 그 와중에도 동생에게 소리치며 으름장을 놓는 것도 잊지 않았다.

"내가 내려갈 때까지 한 개도 먹지 마!"

동생은 안 먹은 척하지만 몰래 두어 개쯤 먹었다는 걸 알면서도 일부러 더 큰 소리를 질렀다. 무슨 개선장군처럼 굴기도 했다. 그때 땀범벅이 된 채 두엄 냄새를 맡으며 먹던 무화과의 맛은, 사과처럼 상큼하지도 않고 딸기처럼 새콤달콤한 맛도 아니었다.

무화과는 열매 속에서 말벌이 수정한다고 한다. 수정이
되면 암놈은 미세한 구멍을 통해 빠져나오고 수놈은 무화
과 속에 남는다고 한다. 과일 같지도 않고 채소도 아닌 낯
선 열매의 별난 맛은 비릿하기도 하고, 약간 밍밍하면서도
밀크 냄새가 나는 것도 같았다. 무화과 속에서 빠져나오
지 못한 수놈의 맛이 그러했을까, 아니면 어머니의 젖 맛
을 닮았을까.

지금은 반세기도 훌쩍 넘었지만 그때 먹었던 무화과의
맛은 묘하게 살아 있다.

어쩜 산책길에 사라진 무화과 맛노 어머니의 젖 맛이
살아 있어서 나를 사로잡았던 것은 아니었을까.

* 통시 : '돼지우리'의 제주어 방언.
** 우영밭 : '텃밭'의 제주어 방언.

나는 황후마마다

　황후마마. 남편 휴대폰에 저장된 나의 닉네임이다. 이 호칭에도 변천사가 있다. 첫 번째는 잔소리를 줄여 달라는 염원을 담은 '착한 마누라'였다. 그다음은 한 단계 높여 준다고 붙여진 '마눌님', 그리고 꽤 지나서 이도저도 시들해졌을 때는 '각시'였다. 그런 칭호의 변천사를 겪은 후에 붙여진 게 지금의 '황후마마'다.

　그런데 이런 과분한 칭호에는 남편의 약간 불순한 저의가 숨어 있는지도 모른다는 것이 나의 생각이다. 남편이 스스로 황제를 참칭하기 위해 나를 그 자리에 앉혀 놓은 것은 아닌가 하는 것이다. 아무리 생각해도 내가 황후마마로 불릴 이유가 없기 때문이다. 내 평생은 물론 전생에도 내명부 최고위에 오르지도, 막강한 권세를 손에 넣어 본 적도 없으니 말이다. 설사 꿈에서 나를 그런 자리에 앉혀 준다 해도 마다하지 않았을까 싶다. 내게는 그럴 만한 자질이 없다고 생각하기 때문이다.

황후처럼 시중드는 하인이 없으니 스스로 몸을 움직여 네 식구의 살림꾼이 되었고, 권세가 없으니 명리를 탐할 것도 못 되었다. 더구나 젖마를 둔 적도 없다. 손수 아이들을 키우며 외방에서 손님이 오면 이부자리 청결히 챙겨 드리고 직접 식탁을 차리는 아낙이었다. 티격태격 부부싸움으로 가슴앓이도 하고, 슬플 때면 유행가 가락에 시름을 달래고 숨을 고르는 아줌마다.

가게를 할 때도 온갖 심부름과 뒤치다꺼리는 내 몫이었다. 한 사람이라도 인건비를 줄이려고 이리 뛰고 저리 뛰면서 일꾼처럼 살았다. 황후 근처가 아니라 언저리에도 못 가 본 게 맞다.

나는 본디 성격이 앞뒤를 자로 재듯 치밀하지 못하다. 정에도 약해서 누가 어려운 부탁을 하면 지나치지 못해서 가족들을 여러 번 힘들게 했다. 지인이 급전이 필요하다고

해서 상가 중도금 치를 것을 덜컥 빌려준 적이 있다. 그게 엇나가는 바람에 아이들이 고등학교, 대학교 시절에 겪지 않아도 될 고초를 겪게 한 일은 지금까지도 큰 오점으로 남아 있다.

그렇게 몸도 마음도 가장 힘들 때 시작한 가게가 장식업이었다. 질풍노도의 이십여 년. 그래도 가족들은 잘 견뎌 냈다. 그런데 자동차도 연식이 오래면 고장이 잦고 가위도 오래 쓰면 나사가 헐거워지듯, 손가락과 무릎에 관절염이 생기고 팔꿈치에는 엘보가 왔다.

우연하게도 처음 가게를 시작할 때 예순까지만 일하겠다던 그 말이 현실이 되었다. 그런데 갑자기 백수가 되니 남편의 행동이 수상했다. 서울에 있는 아주버님과 비밀스러운 통화도 오가고 어디를 몰래 다녀오는가 하면, 내 눈치를 보면서 뭔가 숨기기도 했다. 속으로는 '이 남자가 왜 이러지. 가게를 접고 퍼져 있는 백수가 못마땅하나?' 내심 서운한 마음이 들려는 때였다.

그날은 서울에서 형님 내외분이 오셨다. 그리고 가족들을 소집했다. 형님 내외분과 아들, 딸, 며느리, 나와 남편, 모두 일곱 사람이었다. 분위기는 무슨 시상식장 같았다.

아니나 다를까, 두 개의 봉투와 두 개의 감사패를 탁자 위에 올려놓더니 두 남자가 식순에 따라서 나와 형님에게 상금과 함께 감사패 전달식을 하는 거였다.

감 사 패

임 우 재

당신은 남편과 아이들을 위하여
사랑과 헌신적인 노력으로 화목한 가정을 이루었고
또한 어렵고 힘든 시기를 슬기롭게 극복하였으므로
이를 높이 평가하여 상금과 함께 감사패를 드립니다.

남편과 가족 일동

형님의 감사패는 심플한 크리스털로 만들어, 집안의 기둥으로 모두를 품어 주신 고마움을 담았다. 내 것은 수석을 좋아하는 나의 취향을 살려 매끄러운 타원형 돌에 음각으로 흰 글씨를 새겨 넣었다. 상금도 각각 삼천만 원씩, 게다가 상금은 오로지 자신만을 위해서 쓰라는 조건도 내걸었다. 남편이 나 말고 형수님에게도 황후 같은 선물을 하사하는 순간이었다.

'아! 살다 보니 이런 날이 다 있구나.'

그동안 날선 외풍을 막아 내느라 나목이 되고 스스로 뚜럼(바보스러운)이란 닉네임을 달고 다니던 남편이 내게는 황제였구나. 비록 내가 걸어온 길이 꽃길만은 아니었지만, 그 여정에서 작은 풀꽃 한 다발이라도 건졌으니 이 또한 소중한 수확이 아닌가 싶었다.

나에게 황후란 만조백관이 머리를 조아리는 자리가 아니었다. 내 마음에서 우러나오니 황후가 됐다. 이제 '황후마마'란 호칭이 과분하긴 하지만 그만큼 '소중한 존재' 정도의 의미로 인식하고 있다면 괜찮지 않을까?

왠지 낯설게만 느껴졌던 '황후마마'란 닉네임이 이제는 잘 맞는 모자처럼 익숙해질 듯도 싶다.

꽃을 보듯 세상을 보라

꽃밭을 가꾸고 싶었다. 공간은 있지만 선뜻 무엇을 심을지 고민이었다. 그렇게 여러 해가 지났다. 그렇다고 꽃이 전혀 없는 것은 아니었다. 야생화가 드문드문 심겨 있었다. 그건 남편의 취향에 의해서였다. 그런데 그것들마저 서너 해 전부터 아파트가 들어선다고 좁은 길을 넓히는 바람에 온전할 리가 없었다. 돌과 나무를 옮기다 보니 야생화는 흔적도 없이 사라졌다.

앞마당도 일부 길을 내어 주면서 잔디마저 벗겨져 나갔다. 벌건 흙을 드러낸 속살이 여간 거슬리는 게 아니었다. 배롱나무를 심을까, 하귤나무를 심을까, 자목련을 심을까,

생각만 하고 있었다. 그런데 꽃을 심을 기회가 왔다. 어버이날 즈음해서 코로나19로 어려워진 화훼농가에 제주시에서 꽃 사 주기를 했다. 그 행사에 동참하면서 야생화만 고집하던 남편의 마음이 움직였다.

화원에서 가져올 수 있는 꽃은 일일초, 패랭이꽃, 메리골드, 백일홍, 천일홍, 촛대맨드라미 정도였다. 수국은 작년에 따로 구해 가식해 뒀던 것을 제자리로 옮기고 잠을 설치기까지 했다.

5월인데도 햇볕은 뜨거웠다. 아침저녁으로 호스 줄을 잡고 두어 시간 물을 주지 않으면 금세 잎이 축 늘어지곤 했다. 물 주는 것도 쉽지 않았다. 그때부터 하늘을 올려다보는 버릇이 생겼다. 일기예보에도 민감해졌다. 어쩌다 비가 내려 물 한 번 덜 주는 날은 횡재하는 날이었다. 요 며칠은 장맛비가 와서 두 배로 횡재한 셈이다. 장맛비는 꽃에게 생기를 불어넣었다. 꽃은 물 만난 고기처럼 쑥쑥 제몸을 불려 나갔다.

수국은 장맛비를 머금었을 때 제멋이 난다. 큰 송이가 얌전한 듯하면서도 우울한 장마철에 나를 웃게 만든다. 그런데 너무 일찍 져서 아쉬운 게 흠이다. 수국에 비하면

꽃밭에서 키가 제일 작은 천일홍에 관심이 쏠린다.

보라색인 듯 핑크색인 듯한 꽃은 유리구슬만 한 꽃을 피웠다. 처음 우리 집에 올 때나 지금이나 다르지 않다. 꽃이 오랫동안 지지 않는다고 해서 붙여진 이름값을 제대로 하고 있다.

나는 요즘 사랑에 빠진 사람처럼 시도 때도 없이 꽃밭을 서성인다. 밤중에는 낮게 깔린 안개 사이로 가로등 불빛이 희미하다. 그 불빛 아래 메리골드 흰 꽃과 황금빛 꽃은 낮보다 더욱 선명하게 빛난다. 마치 별이 하늘에서 내려와 앉은 듯하다.

몸을 지탱해 주는 뿌리를 의지해서 줄기와 잎이 내밀하게 유기작용을 하고, 그 에너지가 꽃이나 열매로 탄생하는 과정은 사람이 각자 맡은 일을 세분화해서 분업하는 것과도 같으리라 본다. 그것을 곱씹으면서 내 손길이 닿으니 흔한 꽃과 귀한 꽃의 경계가 없어졌다. 그래서인지 전에는 별로 눈길이 가지 않았던 메리골드도 볼수록 정이 간다.

예부터 왕들도 좋아하는 꽃을 후원에 심게 해 감상했으며, 연산군은 영산홍과 백일홍을 지나치게 좋아해서 백성들이 구해다 바치느라 힘들었다는 일화도 있다. 화려한 작약도 궁궐 후원에서 왕과 왕비의 사랑을 받았다고 한다. 성선이나 불전 앞에도 꽃을 바치고, 합격이나 생일, 기념일에도 꽃은 빠지지 않는다. 죽은 자를 기릴 때도 꽃이 그 역을 대신한다. 아무리 치열한 전쟁 중에도 꽃은 사랑으로 피어나고 계절도 어기지 않고 피고 진다.

인류가 수렵 생활에서 농경 생활로 접어든 5천여 년 전부터 꽃은 우리의 삶과 떼려야 뗄 수 없는 반려식물이었다. 지금도 그렇고 앞으로도 꽃은 사람들과 오래도록 함께할 것이다.

나의 꽃밭에는 담장이 없다. 간혹 지나는 길손의 눈길을 붙들어 놓기도 한다. 하루는 두 젊은이가 자전거를 타고 지나가다가 꽃에 눈길이 머물렀나 보다. 둥글고 편편한 쉼돌에 앉아서 꽃처럼 환하게 웃고 있었다. 아예 수돗물을 틀어놓고 지친 발도 토닥이면서. 나와 남편도 창 너머로 지켜보면서 함께 웃었다.

예전에는 야생화의 청초하고 순박함에 매력을 느꼈다. 감나무 아래 돌 틈에서 연보랏빛 얼굴을 내밀고 수줍은 듯 피는 매발톱꽃을 보면 여염집 여인이 베일에 싸인 듯

겸연쩍고, 현무암 위에 심은 돌단풍나무가 긴 꽃대를 내세워 작고 하얀 꽃을 피워 올리면 밤하늘의 별이 천사를 마중하러 내려온 듯 신비스럽다. 화려하지도 않으면서 고고하고 겸손한 야생화는 오래도록 마음속에 여운이 인다.

이제는 패랭이꽃과 백일홍의 총천연색이 낯설지 않다. 화려하면 화려한 대로 또 다른 매력이 있다. 여남은 평 남짓한 꽃밭에서 늦은 사랑을 배운다. 소박하고 천진스런 소녀의 꿈속에 희망이 자라고 있는 것처럼.

꽃이 내게 일러 준다. 아무리 악한 사람이나 미운 사람도 다 같은 사람이고, 가난한 나라와 부자 나라도 차별하지 않으며, 언어의 장벽이나 인종의 차이도 없이 모든 사람은 평등하다고. 눈을 크게 뜨고 따뜻한 가슴으로 멀리 바라보라고 한다. 사하라사막의 메마른 모래 위에도 꽃은 핀다고.

요즘 섬뜩한 사건 사고를 접할 때마다 꽃을 보라고 말하고 싶다. 꽃 앞에서는 요동치는 마음의 벽도 걷히리라 여겨진다. 사랑스러운 눈으로 세상을 보면 어느 것 하나도 사랑스럽지 않은 게 없지 싶다. 꽃을 보고 있으면 언짢았던 일이나 머리 아픈 일들도 사라진다. 꽃은 마음을 움직이게 하는 마술사가 아닐까.

오늘도 꽃이 눈인사를 건네 온다.

'꽃을 보듯 사람을 보고, 꽃을 보듯 세상을 보라고.'

그네에 앉아 세상을 읽다

마당이 생겼다. 내가 제일 먼저 한 일은 그네를 들여놓은 것이다. 거실에서 나오면 바로 닿는 데크 위에 놓았다. 전에는 벤치에 앉아 주변을 바라보곤 했는데, 이제는 그네를 자주 찾게 된다. 그네에 앉아 커피를 마시면 뭔가 다르게 느껴졌다. 맛은 진하고 향기는 더 그윽했다. 세상도 벤치에서 보는 것과 달리 보이는 듯했다.

고정된 벤치는 틀에 박힌 시각만을 보여 주는데, 그네는 그렇지 않다. 그네에 앉아 앞으로 나아갔다 뒤로 물러날 때, 단풍나무가 가까이 다가오기도 하고 녹나무가 멀어지기도 한다. 눈과 비가 다가오기도 하고 피해 가기도 한다. 내가 움직이는 게 아니라 풍경이 움직이는 것이다. 게다가 사계절도 고정된 시각이 아닌 색다른 모습으로 다가왔다.

봄이 다가오는 모습은 신선했다. 생명이 움트는 소리가 청각을 자극하면 여린 역동이 눈에 잡힌다. 바늘 끝처럼 땅을 뚫고 나오는 잔디. 가는 가지에 움트는 수정 같은 단풍나무 새순. 짝을 찾아 노래하는 새들. 이런 풍경을 보고 있으면 내 몸에서도 새순이 돋고 새들의 노랫소리가 울리는 듯하다.

여름은 또 다른 모습이었다. 차츰 순정의 연녹색이 짙은 초록으로 변하면 조신한 소녀 같은 봄과는 달리 열정적인 젊은 여인으로 다가왔다. 구르는 돌도 키운다는 장맛비. 달아오른 대지를 해갈시켜 주는 소나기. 태양의 정열적인 구애.

모든 살아 있는 것들은 태양을 먹고 자라듯, 태양의 정열은 마당의 나무와 풀들, 그리고 곤충들도 시시각각 자라게 한다. 여름은 살아 있는 것들에게 에너지를 주고 활기를 주고 생명을 불어넣어 준다.

그렇게 뜨겁게 달아올랐던 정열도 잠시, 여름이 서서히

기운을 잃어 가면 그네에도 가을이 찾아왔다. 이때쯤이면 그네도 사색에 잠기는 것 같다. 풀벌레들의 떼창 소리가 귀를 열고 들어와 가슴에 꽂히고 낙엽 떨어지는 소리에 까닭 없이 눈가가 촉촉해진다.

그네에 앉으면 그리운 사람들의 얼굴이 밤하늘의 별처럼 멀어졌다 가까워졌다 한다. 별빛이 저만치 멀어지면 그리움이 님에게 닿을까 가슴이 두근거리고, 별빛이 가까워지면 님의 소식이 들릴까 마음을 열어 놓는다.

여름내 풀이 무성해서 보이지 않던 무덤이 보이기 시작하는 것도 가을이 되면부터다. 그네에서 정면으로 보이는 언덕배기 저만치에 두어 평의 무덤이 눈에 들어온다. 몇 해 전부터 자손이 끊겼는지 무성한 억새 사이로 가는 띠만 처연하게 퇴색되었다. 폐묘(閉墓)가 되어 가는 걸 보니 생성하고 소멸하는 모습이 이런가 싶다. 이게 어디 남의 일이기만 할까. 아무리 가을이 결실의 계절이라고는 하지만, 나에게는 떠나는 사람의 뒷모습으로 다가온다.

이렇듯 가을이 이별과 그리움의 계절이라면 겨울은 나를 돌아보는 특별한 계절이기도 하다. 눈이 내리는 날은 마음에 낀 찌꺼기들과 나를 지배하는 것들로부터 벗어나고 싶어진다. 후회와 실망과 허망한 것들이 눈처럼 허공으로 날아가도 좋고, 녹아내려도 좋다. 그리고 다시 태어나면 지금보다 더 업그레이드된 삶이었으면 좋겠다.

그네도 처음 우리 집에 올 때는 청년이었다. 몸통은 튼실했고 밧줄은 젊은이 근육처럼 팽팽했으며 이음매도 탄탄했다. 표면도 젊은 피부처럼 매끄러웠다. 인기도 한몸에 받았다. 우리 집을 찾았다가 한 번쯤 그네를 거쳐가지 않은 이도 없지 싶다. 마실갔다가 돌아와 보면 손님이 그네에 앉아서 주인을 기다리곤 했다. 어린아이나 어른의 사랑방이기도 했다. 아마도 정지된 화면보다는 움직이는 그네에서의 화면이 더 생동감이 느껴졌을 것이다.

그런 그네가 십여 년 세월을 견디기가 꽤나 버거웠나 보다. 표면에는 저승꽃이 피고 이음매는 헐거워져서 움직일 때마다 관절이 삐거덕거린다. 그리고 힘줄마저 느슨해졌다.

나도 한창일 때는 탄력 있는 피부와 원활한 뼈마디에 관절염을 모르는 팔다리를 가졌다. 척추도 꼿꼿한 당당한 청춘이었다. 보약이 필요하지 않았고, 병원 문턱을 넘나들지 않아도 되었다. 그런데 지금은 병원을 내 집 드나들 듯하고 의사 앞에만 서면 온갖 엄살을 떠는 아낙이 되었다. 오늘도 한의원에서 침을 맞고 왔다. 조금씩 감지되는 이상신호를 무시하고 주행했더니 그 후유증이 크다.

그네도 다르지 않다. 세월 앞에 장사 없다. 이곳저곳 기울어져 가는 것을 보면 내가 너무 무심했구나 싶다. 이제는 데크에서 벗어나 구석진 곳으로 밀려났는데, 그마저도 얼마 못 버티고 부숴져 버릴 것 같아 안타깝다.

그동안 시간과 공간을 함께 공유하며 무료한 일상에서 각별한 변화의 시야를 보여 주던 그네. 정지된 화면이 아닌 살아서 움직이는 화면과 사색을 함께했던 그네. 낡기 전에 가끔 칠이라도 해 주었더라면 저렇게 망가지진 않았을 텐데, 하는 후회가 밀려든다.

먼 나라에서 만난 어머니의 가방

코펜하겐 광장에서 가방을 샀다. 하얀 바탕에 빨간 양귀비꽃과 당나귀가 그려진 가방이다. 크기와 모양과 색깔이 어머니가 오래도록 애지중지 들고 다니던 가방과 너무 닮았다. 돌아가신 어머니를 만난 듯 가슴이 뛰었다.

초등학교 졸업하던 해, 난생처음 어머니 선물을 샀다. 어깨끈이 긴 것이 아니라 약간 직사각형 모양의 기저귀 가방으로 쓰면 좋은 가방이었다. 하얀 바탕에 큼지막한 작약꽃이 앞뒤로 그려지고, 밤색 끈은 팔에 걸칠 정도의 길이였다.

주중에는 아버지와 지내다가 주말이면 저지리 어머니와

동생들이 있는 곳에 가곤 했다. 그날도 중문동에서 버스를 기다리다 화려하게 걸려 있는 옷에 정신이 팔려 가게 안으로 들어갔는데 가방이 눈에 띄었다. 시원스럽게 그려진 빨간 꽃과 초록색 큰 잎은 하얀색과 어우러져 화사하고 예뻤다. 시골에서는 흔하게 볼 수 있는 꽃이 아니었다. 그 꽃이 작약꽃이라는 것은 나중에 알았다.

얼마를 주고 샀는지는 기억나지 않는다. 흥분되고 들뜬 마음에 보물처럼 안고 시골집으로 달려갔던 기억이 난다. 지금도 그때의 두근거리던 심장 소리를 잊지 못한다. 어머니는 헛된 데 돈을 썼다고 나무라면서도 오래도록 그 가방을 들고 다니셨다.

그리고 시골에서는 유일하게 고운 가방을 든 여인이 되었다. 내 밑으로 올망졸망 어린 동생들이 다섯이나 있었으니, 외방 나갈 일이 있을 때는 기저귀며 손수건과 내복을 눌러 담아 들고 다니셨던 모습이 눈에 선하다. 코 묻은 돈을 아껴 자신이 아닌 다른 사람을 위해 쓰면서 날아갈 듯 기분이 좋아지기는 처음이었다.

가방을 사는 순간부터 여행이 끝날 때까지 나도 그 가방을 들고 다녔다. 어머니와 밀월여행이라도 온 듯하였다.

어머니 숨결이 느껴지고 가는 곳마다 어머니와 함께하는 기분이었다. 유람선을 타면 옆자리에 계신 것 같고, 크루즈를 타고 덴마크 국경을 넘으면서도 지는 노을을 함께 감상했다. 30여 년을 들고 다니면서 어머니가 나를 생각하듯 나도 어머니의 혼령과 함께 여행하는 내내 호사를 누렸다. 어머니의 목소리가 들리는 듯했다.

'얘야, 참 좋구나. 죽어서 이런 데를 다 와 보고. 살아생전에 꿈도 못 꾸던 데를.'

하늘거리는 블라우스에 주름치마를 입고 차양 모자를 쓴 어머니가 가방을 들고 있는 모습이 북유럽의 하늘 아래서 빛나고 있었다.

여행이 끝나고 가방을 딸아이에게 선물했다. 딸아이는 그걸 아끼는지 제주에 다녀갈 때만 가끔 든다. 비싸지도 않고 명품도 아닌데 귀하게 여기는 눈치다. 딸아이 집에 가면 그 가방을 내가 들고 외출할 때도 있다. 아예 사진으로 찍어서 핸드폰에 배경 사진으로 저장했다. 핸드폰을 켤 때마다 어머니 얼굴이 가방에 비치는 듯하다.

어머니는 나에게 많이 의지하셨다. 물질적인 게 아니고 큰딸에 대한 기대였는지도 모른다. 아버지를 따라 서귀포로 중문으로 옮겨 다닐 때마다 어머니 대신 내가 전학을 하고 이사를 했으니 말이다.

밥상을 차려놓고 일터에서 돌아오는 아버지를 기다리는 것도 어머니가 아니고 나였다. 부녀의 정이 더욱 돈독해진 것도 그것 때문인가 싶기도 하다.

나는 어머니를 가장 많이 닮았다. 특히 눈이 많이 닮았다. 입도 좀 닮았다. 남편은 나에게서 어머니를 보려고 한다. 그런데 예전 모습이 점점 변해 가는 것을 보면서 남편은 어머니의 모습이 사라졌다고 낯설어한다. 그러고 보니 어머니의 든든한 팬은 남편이었던가 보다. 그래서인지 어머니의 옆자리에 남편도 함께 여행을 하는 기분이었다.

어머니는 딸에게서 처음 받은 선물을 아주 소중하게 다루셨다. 들고 다닐 수 없을 때까지 보관했던 기억이 난다. 형제들이 성장해 고향을 떠나 제주시로 옮겨 온 후에도 다 낡은 가방을 다락에 두고 자잘한 소지품을 담아 두었다. 쓰다 남은 분통과 머리빗, 꼬질꼬질한 손수건과 빛바랜 보자기 등이었다. 누군가 치우기 전에는 다락에서 내려올 일이 없었던 가방이 아직도 눈에 선하다.

먼 나라에서 어머니의 가방과 재회하고 설렜던 기억은

앞으로도 오래오래 마음에 남을 것이다.

생각나면 핸드폰을 열고 어머니를 보듯 가방을 본다. 그래서 나는 오늘도 어머니의 하얀 가방에 그리움을 그리고 있다. 이다음에 내 딸도 나처럼 내가 준 가방을 보면 나를 생각할지도 모른다.

나의 발

　중학교 시절 맹꽁이 운동화가 유행하던 때가 있었다. 청색 바탕에 하얗고 가는 끈을 맨 운동화를 신으면 여학생 패션의 절반은 완성되었다. 그 신발을 우리들은 맹꽁이라고 불렀는데, 반 친구들 사이에서는 신발 치수가 작을수록 인기가 높았다.

　그 시절, 발 치수에 왜 그리 민감했는지는 잘 모르겠다. 그때는 중국 전족 여인들을 알 리도 없었는데, 단지 작은 치수 운동화를 신는 아이들은 으스대기 일쑤였다. 그러다 보니 발가락을 잔뜩 오그리고 발 크기보다 작은 신발을 신고 다녀야 했다. 내 발가락도 온전할 리가 없었다.

한창 멋을 내고 싶은 사춘기 시절, 무모한 행동으로 작은 신발 속에 갇힌 내 발가락은 굽을 대로 굽어 기형이 되고 말았다. 게다가 하나 더 보태서 무지외반증까지 가진 발이 되었다.

그 영향이 지금까지 이어지고 있다. 못생긴 발 때문에 한여름에도 덧버선이나 양말을 신고 지낸다. 지금도 샤워를 하고 나면 속옷을 챙겨 입기보다 발을 먼저 가린다. 발의 수난은 여행지에서도 예외가 아니다. 룸메이트 앞에서도 맨발을 보인 적이 없다. 가늘고 가지런한 발가락을 가진 사람을 보면 은근히 샘이 난다. 그 덕분에 내겐 멋진 여름 샌들도 그림의 떡이다.

어릴 때 아버지가 가끔 신발에 볼 넓은 발을 집어넣으려고 애를 쓰시던 모습이 생생하다. 그 스트레스가 티눈을 돋게 했는지, 손톱깎이로 도려내며 발과 씨름하던 모습을 자주 본 기억이 있다. 아버지도 나만큼 발이 불편하고 창피하셨을까. 어머니는 발을 붙들고 씨름하는 모습까지 부녀가 닮았다며 혀를 차기도 했다.

요즘은 발가락 사이에 끼우는 보조 교정기가 시판되고 있다. 굽고 옆으로 누운 발가락 사이를 벌려 주면서 바르게

펴 주는 기구다. 그걸 사서 양발 위에 차고 다닌다. 집에 오는 손님들은 뼈가 부러진 정형외과 환자로 착각하기도 한다.

　무릎이 아파서 정형외과를 찾을 때도 의사는 아픈 무릎보다 발을 유심히 살피다가 발 이야기를 먼저 꺼낸다. 수술을 하면 발이 좀 더 편해질 수 있다면서. 의료기술의 발달로 수술이 가능한 시대가 되었지만, 나 역시 수술을 생각해 보지 않은 것은 아니다. 병원을 물색해 당장이라도 수술 일정을 고려해 본 적도 있다. 그러던 중 나 같은 처지에 있는 사람을 우연한 곳에서 만났다. 그는 수술을 받지 않았을 때보다 더 불편하다며, 통증만 없으면 그냥 견디라고 조언해 줬다. 그 후 수술을 받아야겠다는 생각이 시들해져 실행에 옮기지 못하고 있다.

　어느 날 방송을 보다가 발에도 급이 있다는 사실을 알게 되었다. 발레리나 강수진의 발은 구부러지고 여기저기 튀어나온 굳은살로 보기 민망할 정도였다. 피겨 여왕 김연아의 발도 예외가 아니었다. 우리나라를 대표하는 축구선수들도 못생긴 발로 스스로의 존재 가치를 빛낸 사람들이다. 그들은 피나는 노력으로 고통과 시련을 견뎌 내고 명성을 일군 발의 주체이기에, 그 발을 스스럼없이 드러내고 부끄러워하지 않았다. 그들의 성취는 발과 마음의 합작품이었다.

이제 와 돌아보니 내 발은 늘 외톨이처럼 푸대접을 받으며 살아왔다. 가슴이 시키는 대로 충성을 다했을 뿐인데, 벌은 발이 받는 격이다. 그동안 힘겨운 내 인생을 떠받치고 온 것이 이 못생긴 발이었다. 그런데도 인정해 주기는 커녕 숨기기에 급급했던 게 사실이다.

이 나이가 되도록 내 발들은 하루도 쉬지 않고 동분서주해 왔다. 주인을 위해 어떤 험한 명령도 거부하지 않고 종처럼 헌신해 온 발이었다는 걸 깨닫는다. 못생겼지만 열 개의 발가락이 건재하기에 보행도 자유롭고, 시장을 쏘다니며 식품 재료를 구해다 하루 세 끼 요리하며 살림도 한다.

무엇보다 내 몸의 적잖은 하중을 늘 떠받치고 내 삶의 무게까지도 고스란히 지탱해 주고 있다. 이렇듯 소중한 발을 너무 무심하게 대해 온 것은 아닐까 싶다. 발은 언제나 겸손하고 신중하여 가슴과 머리보다 나서는 일이 없다. 내 심중을 가장 먼저 알아차리고 현장에 뛰어들지언정, 스스로 먼저 판단하고 설치는 일은 결코 하지 않았다.

너무도 순진하고 착해서 내 생각을 거부하거나 단 한 번도 물리친 적이 없다.

이런 발을 부끄럽게 생각하고 감춰 온 것을 생각하니 이제야 미안함이 앞선다. 잘못이나 실수는 가슴과 머리가 해놓고 그 결과는 발에 돌리는 비양심이 쑥스럽기만 하다.

오늘 밤에는 언제나 가장 낮은 곳에서 위의 명령을 받들고, 그들의 욕망이 이끄는 대로 세상을 헤쳐 온 발에게 위로의 시간을 주려고 한다. 따뜻한 물이 담긴 대야에 두 발을 담그고 용서를 구할 생각이다. 그리고 앞으로 함께 걸어가야 할 길을 조심스럽게 논의해 볼 요량이다.

부디 무사하기를

    오월의 넉넉한 품속에서 잡초도 빠질세라 한몫을 한다. 갈수록 세를 불리는 잡초 속에서 산수국이 기를 못 펴고 있다. 꽃이 피었다 졌는데도 풀에 가려서 제대로 볼 수조차 없다. 하는 수 없이 농약의 힘을 빌리기로 했다.

    약이 든 분무기를 가슴까지 자란 덤불 앞에 들이대는데 푸드득 소리를 내며 꿩 한 마리가 날아올랐다. 나도 놀라서 주저앉았다. 그런데 바로 앞에 작은 알들이 옹기종기 모여 있었다. 꿩알이었다. 알은 열두 개나 되었다. 우거진 풀숲과 수국 아래 꿩이 둥지를 틀고 알을 품고 있었던 게다.

    나는 졸지에 침입자가 되고 말았다. 침입자 때문에 알

품는 걸 포기하고 둥지를 버리지나 않을까 우려하면서 마른 풀을 긁어모아 둥지 주변을 덮어 주었다. 어미가 멀리 가지 못하고 가까운 데서 숨죽이고 지켜보는 것을 모르지 않았다.

먹을 게 귀하던 시절에는 꿩알을 주우면 횡재한 날이었다. 훌륭한 찬거리가 생겼으니 그럴 만도 했다. 알을 잃고 둥지 주변에서 꺽꺽거리며 울어대던 어미의 마음을 헤아릴 여유는 더욱 없었다. 저녁 밥상에서 꿩알찜을 먹으며 형제들이 숟가락을 부딪치던 소리가 행복하기만 했다. 엊그제 같은데 먹거리가 좋아진 요즘은 알과 어미의 마음을 먼저 헤아리게 되었으니 분명 변화된 세상이 맞는가 보다.

우려와는 달리 얼마의 시간이 지나자 어미가 돌아와서 알을 품는 걸 보았다. 마음이 놓였다. 약 치는 일은 알이 부화한 뒤로 미루기로 했다. 몇 해 전에 진 빚을 갚는 마음으로 이들을 보살펴 주리라 마음먹었다. 욕심 때문에 어미와 새끼를 떼어 놓았던 일이 아직도 생생하다.

그날도 봄볕이 따스한 오후였다. 어미 꿩이 갓 알에서 나온 듯한 새끼들을 데리고 집 옆 작은 길을 가로질러 과수원으로 들어가는 걸 보았다. 호기심이 발동해 생각 없이 새끼 두 마리를 어미에게서 떼어 내 집으로 들였다. 자라는 모습을 가까이서 보고 싶었다. 그런데 집 안 구석구석을 찾아다니며 울어대고 숨어서 나오지도 않으니, 그러다 죽으면 어디서 죽었는지 찾지도 못할 것 같았다. 하루 만에 어미와 떼어 놓은 자리에 도로 데려다 놓았다. 어미와 만났는지 살았는지 그 후로는 그 꿩 가족을 보지 못했다.

그때의 미안함이 채 가시지 않았다. 더구나 약이 닿은 곳은 풀이 스러져 둥지 한쪽은 반 정도 노출되고 말았다. 조금 떨어진 곳에서도 어미 꿩이 보일 정도였다. 근처는 떠돌이 개들이 무리 지어 놀고, 고양이도 종종 나타나는 곳이다. 까치나 다른 새들도 내가 던져 주는 찬밥덩이와 잡곡 부스러기들을 먹으려고 자주 둥지 근처를 배회하는 곳이기도 하다.

알이 부화할 때까지 무사할지 지켜보는 내가 초조하기만 했다. 어쩌다 저 위태로운 곳에 둥지를 틀었는지 참으로 모를 일이다. 그나마 다행인 것은 내게서 믿음을 읽은 듯했다. 가까이 가도 도망가지 않았다. 눈만 껌뻑이면서 둥지에서 미동도 하지 않았다.

특단의 조치를 취했다. 알이 부화해서 이소할 때까지

개와 고양이 사료 주는 것을 잠시 중단했다. 그들에게 이 상황이 오래가지 않을 거니까 조금만 참으라고 마음속으로 양해를 구했다. 자동차가 둥지 근처를 돌아 나가는 것도 하지 않았다. 마음이 통했는지 오는 개들도 뜸했다. 불린 쌀을 둥지 가까이에 뿌려 주면서 '어미는 위대한 거란다' 하며 눈인사도 잊지 않았다.

미동도 없이 납작 엎드려서 진종일 알을 품고 있는 어미. 어미가 된다는 것은 사람에게도 동물에게도 희생이 따르는 자명한 이치인가 보다.

부화하는 기간이 스무 날 정도, 친정엄마 같은 심정으로 하루하루 손꼽아 지켜봤다. 드디어 스무사흘쯤 되는 날 일과처럼 아침에 둥지를 살피러 갔다. 그런데 둥지에는 어미도 알도 온데간데없고 빈 껍질만 나뒹굴고 있었다. 다른 동물이 침입한 흔적이 없는 걸로 봐서 열두 알 전부 부화에 성공한 듯했다. 아! 해냈구나 싶으니 안도의 숨이 쉬어졌다.

어미는 밤사이 새끼들을 데리고 급히 둥지를 떠난 모양이다. 그동안 가슴 졸이며 알을 품었을 어미에게 박수를 보냈다. 아이를 출산하고 스스로를 대견하다고 위로할 때도 이런 기분이었다. 다만 깨어난 새끼들을 못 보고 보낸 것이 마음에 걸렸다. 아무쪼록 무탈하게 살아남아서 언젠가는 일개 부대로 마당을 점령해도 기꺼이 내어 주리라. 그 광경에 시간 가는 줄 모르면 어때. 새끼에 그 새끼까지도 자라서 다시 알을 품는다 해도 어미의 마음으로 지켜 주리라. 호기심에서 새끼를 떼어 놓는 일은 다시는 없을 것이다.

참으로 오랜만에 하지 못했던 고해성사를 바치는 중이다.

삼베 수의 입혀 드릴게요

　때로는 단점이 장점인 줄로 착각하는 남자가 있다. 고집이 세고 성질도 급하고 매번 흡연실로 쫓겨날 정도로 담배 중독자이면서 요즘 세상에 역행하는 사람, 그래서 간이 배 밖으로 나온 이 남자가 내 남편이다.

　설거지 하면 손이 닳아 없어지는 줄 알고, 청소기를 돌리면 팔이 잘리는 줄 아는 이 남자는 분명 조선시대에나 있을 법한 남자가 맞다. 게다가 무엇을 해야겠다고 생각하는 순간 그 즉시 행동에 옮겨야만 직성이 풀리니, 너무 앞서가다가 낭패를 보기도 한다.

　5년, 10년을 내다보고 서둘렀던 일들이 물거품이 되거나 미리 사다 놓은 야생화와 나무를 관리 소홀로 말려 죽인 것도 꽤 된다. 저지르는 데는 급급하고 일단 집에 들여오면 제 손으로 물 한 번 주는 걸 못 봤으니, 아무리 목숨이 질긴 것들도 버티지 못하고 시름시름 앓다가 죽어 버린다. 결국 헛돈만 날린 꼴이다.

그러고도 잘못을 인정한 적이 한 번도 없다. 시간에 쫓기지 않아도 빨리빨리를 달고 사는 남자는 빨간 신호등을 지루하게 여긴다. 외곽지에 나갈 때는 특히 그렇다. 자동차 흐름이 한적한 곳에는 점멸등을 설치해서 기름을 한 방울이라도 아껴야 한다고 역설한다. 그게 국가적 낭비를 줄이는 것이라면서.

나를 귀찮게 하는 데도 도가 텄다. 외지에서 손님이 오면 집에서 재워 보내는 것을 미덕으로 안다. 이불 빨래며 뒤치다꺼리는 내 몫인데, 손님이 가고 나면 한다는 소리가 "당신 수고했어!" 뿐이다.

이런 남자가 정에 약하고 마음은 여리다. 여태까지 내가 이 사람 옆자리를 지키고 있는 것도 그의 속정을 알기에 가능했다. 속 다르고 겉 다른 것 같은 이 주인공이 자신을 위해 쓰는 돈은 담뱃값과 소주 두 병 값이 고작이다.

그러면서 이따금 남의 어려움을 지나치지 못하고 선행을 베풀기도 한다. 무명 작가의 전시회장에서나 도예 작가의 어려움도 공감할 줄 안다. 그러다 보니 집에 다 걸어 놓지 못하는 그림과 조각작품 두어 점과 도자기들이 먼지를 쓰고 있다. 심지어 조각품에는 누구 하나 눈길을 주지 않는다. 작가가 보면 속이 상할 노릇인 줄 알면서도 무심하다.

지인이 믿고 베풀어 준 덕에 어려움을 극복하는 데 힘이 되었던 때를 잊지 않고 있다. 그래서 넉넉하지는 않아도 도움이 필요하다 싶으면 마음을 열곤 한다. 이럴 때는 말을 안 해도 뜻이 통한다. 유일하게 일심동체가 되는 순간이다.

병원 가기 싫어서 병을 키우는 것도 밉고, 몸 돌보기를 원수 대하듯 해서 아픈 허리로 기우뚱거리며 걷는 모습도 여간 신경이 쓰이지 않는다. 아프면 죽는다는 소리를 입에 달고 살면서 고집 세고 말 안 듣는 남자, 미울 때도 많지만 흡연실을 안방 삼아 이웃 걱정 나라 걱정 지구 걱정을 하는 남편이 안쓰럽기도 하다.

얼마 전 미국에서 굴러떨어지는 부상을 당하던 순간에도 맨 먼저 이 남자가 떠올랐다. 꼼짝 못하고 누워 있는데

이 사람이 옆에 있으면 아픈 것도 다 해결될 것 같은 믿음이 일었다. 그만 살아야겠다고 다짐을 한 게 숱한 데도 어려운 일이 닥치면 제일 먼저 이 남자가 떠오른 것은 무슨 조화인지 모르겠다. 밉다 밉다 하면서 속마음은 그게 아니었나 보다.

그래도 안 좋은 습관을 달고 사는 남자에게 그것만 고치면 더 좋은 사람이 된다고 목소리를 높여 보지만, 소 귀에 경 읽기다. 달래도 보고 비수 같은 말을 날려 봐도 바윗덩이처럼 꿈쩍도 하지 않는다. 이런 남자를 열렬히 성토하며 남은 생을 티격태격 살아야 할 텐데 순탄치만은 않을 게 뻔하다. 그래도 약속 하나 지키려고 입때까지 왔으니 죽는 순간까지 그 약속은 지켜야 하지 싶다.

자신이 죽을 때 삼베 수의를 입혀 주고 상복을 입어 달라고 청혼하던 이 남자에게 약속했으니까 말이다.

욕실 세 발자국 싱크대 다섯 발자국

딸이 이사를 했다. 좁은 원룸에서 좀 더 나은 빌라로. 이사도 도울 겸 우리 부부가 서울 나들이를 했다. 딸이 사는 집을 본 것은 몇 번이 안 된다. 대학 기숙사에서 지내다가 자취를 할 때도 바쁘다는 핑계로 들여다보지 못했다. 물론 서울에 사는 형님 내외분이 멀리 있는 우리를 대신해 주어 믿는 구석도 있었다.

방 구하는 것과 주변 환경을 살펴 주는 것도 형님 내외였다. 게다가 딸아이가 우리 사정을 알고 상경하는 것을 만류하기도 했다. 집주인은 어떤 사람인지, 주변은 안전한지, 딸과 주고받는 전화와 찍어 보낸 사진으로 확인하곤 했다. 누가 보면 무심한 부모로 비칠지 모르나, 그때 우리 집 사정은 그럴 수밖에 없었다. 학비 대기에도 버거웠다. 짬짬이 밑반찬 챙겨 보내는 걸로 위안을 삼았다. 아르바이트를 해서 보탬이 되겠다는 딸에게 그 시간에 공부해서 장학생이 되면 더 좋겠다고 했더니, 딸은 기대를 저버리지 않아 큰 힘이 되었다.

졸업 후 제주에서 직장생활을 하다가 다시 상경해서 서울살이 3년째, 원룸을 벗어나는 날이다. 새로운 집은 거실로 쓸 수 있는 방과 작은방이 하나 더 있고 다용도 베란다가 딸린 빌라였다.

얼마 전까지만 해도 집에 다니러 오면 딸은 숨을 크게 들이마시면서 이제 좀 살 것 같다고 했다. 서울 집으로 가기 전에 공기를 많이 마셔 둬야 한다면서 들이마시기를 반복했다. 사는 형편을 들여다보지 못하던 그때는 짐짓 엄살을 떤다고 흘려보냈다.

부부싸움을 하고 머리도 식힐 겸 딸이 사는 원룸을 불시에 찾았다. 그런데 방문을 열고 들어서는 순간 딸이 했던 말이 훅! 다가왔다. 간신히 숨을 쉴 정도의 공간이었다. 집을 구할 때 찍어 보낸 사진만 보고 오케이 사인을 했는데 공간 넓이까지는 가늠하지 못했다. 도움도 바라지 않고 딸아이 혼자 적은 돈으로 집을 고르다 보니 방에서 욕실까지 세 발자국, 싱크대까지 다섯 발자국이라던 딸의 말은 괜한 엄살이 아니었다.

20여 년 전 대성통곡하던 남편 모습이 떠올랐다. 고3이던 딸이 대입 수능을 치르고 입시 미술학원에 등록하기 위해 서울 지리에 밝은 남편이 딸과 함께 상경했다.

홍대 앞 학원에 등록하고 묵을 곳도 지근거리에 있는 고시원을 빌렸다. 말로만 듣던 고시원은 숨이 턱 막히더란다. 들고 간 가방 하나 놓으니 겨우 돌아설 정도로 좁은 방에 제 몸 하나 누울 만한 침대가 고작이었다고 한다. 냉장고도 공용이고 세탁기도 공용으로 사용했다. 나중에 안 사실이지만, 서울 사는 큰엄마가 만들어 주는 반찬도 종종 공용이었다고 한다.

그곳에서 미술 실기시험이 끝날 때까지 지내야 할 딸을 생각하니 목 밑까지 차오르는 눈물을 간신히 참았다가 그날 집에 와서 남편은 쉰 울음을 토해 냈다. 나는 여태 남자가 그렇게 큰 소리로 우는 것을 본 적이 없었다. 그때 남편의 울음이 딸아이의 원룸을 보는 순간 내가 그 울음을 삼키고 있었다.

나와 다른 생각을 가지고 있는 남편은 딸아이를 곁에 두고 싶어 한다. 남편은 일과 학업을 병행하는 딸아이가 공부를 마치면 부모 곁으로 돌아올 것을 기대하고 있다. 서울살이는 오래지 않을 것이며, 거처하는 집도 임시라고 생각한다. 다른 일에는 딸아이를 잘도 챙기면서 전세라도 얻어 주자는 내 의견을 묵살하고 고집을 피우는 남편이 미울 때가 많다. 딸이 해외에 나갈 때나 단체에 후원을 부탁하면 한칼에 들어주면서 유독 집에 대한 것만은 짜게 군다. 종종 나와 부딪치는 이유이기도 하다.

부부싸움은 실보다 득이 많았다. 딸이 좀 더 넓은 곳으로 이사하는 데 기여했다. 이번만큼은 남편에게 양보하지 않겠다는 각오로 밀어붙인 결과다. 새로운 동네에는 상암 구장이 있고 홍제천이 흐른다. 숨을 맘껏 쉬어도 좋을 곳이다. 게다가 베란다 창을 넘어 화사한 자목련이 집 안으로 봄을 들이는 곳이었다.

집이란 잠을 자는 곳만이 아니고 에너지를 얻고 내일을 설계하는 요람이기도 하다. 또한 마음과 육신의 안식처인 것을 모르는 바가 아니다. 그래도 대장장이처럼 부모의 불매질이나 담금질에도 딸은 노여워하거나 투덜거리지 않는 것을 보면, 부모의 마음을 일찍이 읽고 있었던 것 같기도 하다.

딸은 앞으로도 몇 번의 이사를 거쳐야 할지 모른다. 그래도 그때마다 걸어서 세 발자국의 욕실과 다섯 발자국의 주방이 있었다는 걸 잊지 말았으면 한다. 왜냐하면 어려웠던 과거를 잊지 않는 것은 늘 우리를 겸손하게 하기 때문이다.

작별

우듬지를 안은 아름드리 팽나무가 우지직 베어졌다.
모진 세월 견뎌 온 한 생이 순식간에 잘게 쪼개져서
몸통은 땔감으로, 밑동은 침묵으로 앉아 있다.
기계가 굉음을 내던 날,
난 방에서 한 발짝도 나가지 못했다.
아버님이 심고 자식들이 올려다보고 새들이 집을 짓던,
옛 선비 같은 마지막 한 그루가 아버님의 흔적을 지우자
남편은 소주 한 병을 밑동에 부으면서 작별 인사를 한다.
먼 길을 떠나는 선비에게
집을 잃은 새들에게….

그해 겨울에

　어느 봄날 훈풍에 숨죽였던 새싹들이 막 돋아날 무렵이
었다. 퇴근하던 아들이 유기견 한 마리를 데리고 왔다. 덩
치는 산만 한 게 성견 같아 보이기는 하나, 하는 짓은 개
구쟁이에 장난기가 줄줄 흐르는 레트리버였다.

　그 녀석이 들어오기 전까지는 다시는 개와 고양이를 기
르지 말자고 가족들이 입을 맞춘 상태였다. 지금 기르고
있는 고양이가 마지막이라고 아이들에게도 못을 박았다.
정을 줬던 개와 고양이가 사고로 죽거나 사라져 아픈 기
억이 아직 채 아물지 않은 탓도 있다. 하지만 어느 누구도
그 규칙이 오래갈 거라고 믿는 가족은 없었다.

그 녀석의 등장은 무료하던 집 안에 활기가 넘치고 마당의 주인도 생겼다. '태양'이라는 이름도 지어 줬다. 며칠 지나자 산책길에 벗이 되어 주기도 하고, 어느새 친구들도 불러들여 주인 노릇을 한다. 앞마당까지 내려와 놀다가는 꿩들을 혼비백산시키고, 까치들을 놀려먹는 재미에 푹 빠졌다. 주눅이 들거나 의기소침하지 않고 낯선 환경에 빨리 적응하는 것을 보면서 한시름 놓았다.

욕심이 생겼다. 명랑하고 사람 좋아하는 성격에 훤칠한 미남이라 당시 남편이 조성하던 우도의 공원에 데려다 놓으면 공원 마스코트가 될 거 같아 꽃피는 봄날 우도로 가는 배를 태웠다. 생각했던 대로 아직 미완공인 공원인데도 드문드문 찾아오는 관광객들에게 인기를 한몸에 받았다. 한 계절이 바뀌도록 넓은 들판을 거칠 것 없이 뛰놀면서 인기 가도를 달릴 때 병이 들고 말았다. 병구완을 하려고 다시 제주시로 데려왔다.

심장사상충 4기였다. 다 죽어 가는 녀석을 보니 비싼 병원비며 약값은 문제가 되지 않았다. 가쁜 숨을 몰아쉬며 먹지도 않고 고통스러워하는 녀석에게 현관을 병실로 꾸몄다. 전기난로도 켜 주고 특별 보양식으로 원기도 돋워 주면서 가족 모두 한마음으로 지켜봤다. 제시간에 주사 놓고 약을 먹이는 것은 가족 모두의 일이었다.

　태양이의 의지인지 명의를 만나서인지 차츰차츰 기력이 회복되어 몸속에 있던 수십만 마리의 성충도 사멸되었다. 겨울을 넘기고 실로 오랜만에 현관의 병실을 벗어나 마당의 제집으로 퇴원하는 기적이 일어났다.

　그 무렵 친정어머니는 대장암 말기 선고를 받고 투병 중이셨다. 거동이 힘들어지고 통증이 심해지자 어머니는 암 병동에 입원하셨다. 삭막한 병실이라도 좋으니 제발 어머니를 더 볼 수 있게 해 달라고, 오랫동안 냉담했던 하느님께 빌고 맹목적으로 부처님께도 빌었다. 염치없는 줄 알면서도 나의 무모함은 나중에 탓하고 지금은 어머니만 봐 달라고 간절하게 매달렸다.

　그런데 어머니는 동짓달에 우리 곁을 떠나셨다. 겨울을 넘기고 살랑이는 봄바람과 감미로운 꽃향기를 마중하길 바랐다. 자지러지게 울어대는 매미 소리도 함께하길 바랐다. 은빛 물결 억새밭에서 하얗게 웃는 어머니의 웃음을 더 보고 싶었다. 그런데 모든 것을 떼어놓고 가셨다. 하얀 눈밭에 선명한 발자국도 그리움으로 남겨 둔 채 당신의 발자국을 지우면서 겨울 속으로 멀어져 갔다.

"너는 갈 때 가더라도 많이 아프지 말고 고통 없이 가거라."

늙고 병들어 힘들어하는 어머니 집 개가 우리 집에 요양차 와 있던 어느 날 그 개에게 들려주던 어머니의 독백이 유난히 귓가에 맴돈다.

태양이 녀석도 병이 낫기가 무섭게 아랫집 윗집 부지런히 마실을 다니더니, 하루는 아무렇지도 않게 놀러갔다가 그길로 영영 돌아오지 않았다. 다시 찾은 건강의 행운을 채 누리기도 전에, 그해 겨울은 아픈 사연만 잔뜩 안겨 주고 그렇게 우주 속으로 속절없이 사라져 갔다.

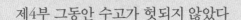

제4부 그동안 수고가 헛되지 않았다

아버지의 잠옷

　아버지의 잠옷은 부드럽다. 아버지가 타계하신 후 내가 챙겨 둔 유품 중 하나다. 베이지색 바탕에 검정색 바둑무늬가 선명한 잠옷은 아버지가 오랫동안 입으셨는데도 해진 곳 없이 멀쩡하다. 아버지 생각이 날 때마다 몸에 맞지도 않는 헐렁한 잠옷을 꺼내 입어 보는 것이 이젠 버릇처럼 되었다.

　아버지의 체취는 그대로 남아 나를 그 시절로 이끈다. 잠옷을 입고 누워서 학창 시절 아버지와 주고받았던 숱한 편지들을 떠올리면, 아스라이 사라졌던 추억들이 우우우 소리를 내며 소나기처럼 밀려들곤 한다.

아버지는 키가 훤칠했다. 광대뼈가 약간 나왔으나 콧날이 오뚝하여 이목구비를 안정되게 받쳐 주는 얼굴이다. 해병대에서 단련된 탓인지 몸과 정신은 강건하고 판단력이 기민하여 이웃이나 친지들의 존경을 받았다. 반면에 해병가 말고는 아는 노래 한 가락 부를 줄 모르는 분이었다. 가끔 형제들이 아버지 흉내를 내면서 놀려대던 기억이 엊그제 같다.

교통사고가 나기 전까지는 한겨울에도 냉수욕으로 몸을 지켰다. 딸을 무척 좋아하던 아버지는 어느 날 편지에서, 첫딸인 내가 태어났을 때와 학부형이 됐을 때의 감동을 추억하기도 했다. 세상을 다 얻은 것처럼 기쁘고 벅찼다고. 그 편지는 내가 살아오는 동안 든든한 버팀목이 되었고, 어려울 때마다 나를 다독이는 명심보감이 되어 다시 일어설 용기를 주었다.

아버지가 젊었을 때는 마을 일로 읍사무소나 면사무소에 자주 출장을 나갔다. 그때마다 나를 데리고 가셨다. 만나는 사람들은 어린 내게 용돈을 주거나 과자며 사탕을 안겨 주곤 했다. 어린 마음에 그게 좋았던지, 아버지가 나를 떼어놓고 갈 기미가 보이면 몰래 버스에 올라탄 뒤 숨어 있곤 했다. 버스가 한참을 달린 후 아버지 앞에 나타나면, 출장지에 데리고 가서 옷과 신발을 사 주시곤 했다. 이때부터였을까, 부녀의 정은 참으로 도타웠다.

자라면서 수도 없이 들었던 군대 이야기는 병실에서도 이어졌다. 전쟁터에서 할아버지의 꿈 덕분에 참호가 무너지고 폭탄이 비 오듯 퍼부어도 불사조처럼 공을 많이 세운 이야기며, 할머니의 기도가 통해서 살아 돌아왔다는 이야기는 그칠 줄 모르고 리바이벌되었다. 정신이 불안정한 상태에서는 강렬하게 박혀 있던 기억들이 밖으로 표출된다고 한다. 육십 평생 살면서도 전쟁터에서 생사를 넘나들었던 기억이 유독 아버지의 뇌 한쪽을 완전히 채우고 있구나 싶었다.

병원에서 퇴원은 했지만 사고 후유증인 폐질환으로 아버지는 고통에 시달리셨다. 조금만 걸어도 숨이 차고 점점 말라 갔다. 생명줄을 부여잡듯 체중계의 눈금 하나 올리는 데 유독 예민하셨다. 피우던 담배도 끊어 보려고 무던히 애를 썼건만 끝내 실패했다. 때로는 어린아이처럼 투정을 부리고 감정의 기복도 심했다. 그때마다 담당 의사는 가족들에게 태연한 표정으로 말했다.

"한 번 깨진 도자기는 아무리 잘 붙여 놔도 처음만 못하지요."

폐 이식이라도 가능할까 싶어 병원을 찾았을 때는 이미 늦은 상태였다. 수술 후 다섯 해를 넘기지 못하고 아버지는 달리는 구급차 안에서 한마디 유언도 없이 생을 마감하셨다. 향년 67세였다.

믿고 의지하던 아버지가 내 앞에서 눈 한 번 마주치지 못하고 스러지는 걸 보면서 허무를 알았다. 이 세상에 대한 미련쯤은 아무것도 아닌 양 낙화보다 더 가엾었다. 아버지는 어떤 생을 가슴에 묻고 가셨을지 헤아릴 길이 없다. 당신의 사랑으로 나를 아름답게 해 주신 것만은 아직도 가슴에 뜨겁게 남아 있을 뿐.

"초년 고생은 돈 주고도 못 사는 거란다."

고된 삶에 힘들어하는 나를 보며 입버릇처럼 하시던 말씀이다. 말씀뿐만 아니라 정작 큰딸이 진 짐까지 나누어 지려고 애를 쓰셨다. 여섯 자식이 아직 어리고 철이 없어서 떠나는 순간까지 마음고생만 하셨을 아버지! 그 고통스러운 아버지의 시간들을 떠올리면 어느새 목울대가 축축해진다.

어느 스님은 "자식은 다 같은 게 아니라, 부모에게 은혜를 갚으러 온 자식과 빚을 받으러 온 자식, 두 부류가 있다"고 했다. 나는 아무래도 부모에게 빚을 받으러 태어난 자식인 듯하여 마음이 쓰리다.

이따금 서귀포에 갈 때면 아버지와 함께 머물던 동네를 기웃거려 본다. 하지만 빈 가슴에 속절없는 바람 소리만 들릴 뿐이다. 그래도 그리움이 사무치면 아버지가 생전에 즐기던 담배 한 개비를 묘 앞에 올리고 돌아온다.

아직도 체온이 느껴지는 아버지의 잠옷에 볼을 비벼 본다. 그러자 아버지의 시간들이 벌떼처럼 웅웅거리며 몰려온다. 이제 어쩌랴 싶어 책상에 바투 앉아 펜을 들면 아버지의 잠옷 사이로 익숙한 이야기들이 도란도란 들려오기 시작한다.

오늘 밤에도 다시 아버지의 잠옷을 입고 며칠 뒤 제삿날 영전에 올릴 편지를 써야겠다. 부디 꿈속에서라도 한 번 다녀가셨으면 좋겠다.

그동안 수고가 헛되지 않았다

　겨울이 시작된다는 입동이다. 이때부터 우리 집은 본격적으로 겨울 채비를 한다. 집 안 난방을 장작 보일러와 장작 난로로 대신하기 때문에 몸을 움직여야 할 일이 한두 가지가 아니다.

　센서만 누르면 보일러가 돌아가고 온풍기에서 더운 바람이 나오는 쉽고 간단한 것이 우리 집에는 없다. 그러니 불가마에 흙도 덧발라 줘야 하고, 난로에 쌓인 그을음도 털어내야 한다. 모아 놓은 통나무를 자르고 장작도 패서 쌓아 놓아야 한다.

　쌀 걱정은 없어도 땔감 걱정은 많아서 겨울을 날 만큼

나무가 쌓여 있어야 곳간이 찬 것처럼 든든하다. 한편 요즘 세상에 문명의 혜택을 멀리하고 있는 내가 가끔 미련스러울 때도 있다.

장작 보일러를 놓을 때만 해도 임시라고 생각했다. 집을 지을 때 거들어 주던 지인이 장작 보일러를 권했다. 지인 집까지 가서 눈으로 확인하고 나니 마음이 움직였다.

그래, 나무를 때다가 영 불편하면 기름 보일러로 바꾸면 되지 뭐. 이참에 옛날식으로 돌아가 보는 것도 나쁘지만은 않을 거야. 불이 붙은 부지깽이로 아궁이 앞 흙바닥에 그림도 그리고, 동생과 싸우다 부지깽이를 들고 골목을 한 바퀴 돌던 때도 그리워하면서. 그러다 보면 어머니의 불 냄새, 연기 냄새도 일 년에 반은 맡을 수 있으니 그게 어디야. 게다가 고물가 시대에 연료비 걱정도 덜 수 있으니 일석이조 아니겠나.

그렇게 낭만을 안고 시작한 '잠시'가 15년이 넘었다. 그동안 북풍을 맞으며 가마에 불을 때다가 벌건 불길이 역류하면 머리카락도 그을리고 가끔 옷도 태우기도 했다. 매캐한 연기에 눈물 콧물은 반갑지 않은 불청객이었다. 신식으로 바꾸고 싶을 때가 한두 번이 아니었다. 아이들도 손이 덜 가는 난방으로 바꾸길 원했지만 한사코 마다한 데는 그만한 이유도 있다. 비싼 연료비를 감당하기가 버겁기 때문이기도 하다. 이런저런 이유로 집 평수만 키워 놨으니 기름이나 가스로는 엄두가 안 난다. 고생하는 만큼 연료비를 아낄 수 있어서 그것으로 위안을 삼는다.

장작 난로를 들여온 날도 봄이 코앞이었다. 남편이 50킬로들이 LPG통으로 만든 난로를 불쑥 사 왔다.

"겨울도 다 갔는데 웬 난로예요?"

"오 사장네 공방에서 쓰는 걸 봤는데 다른 난로와는 달리 아주 좋아 보여서."

"뭐가 그리 좋은데요?"

"거꾸로 타는 보일러 공법과 미국식 설계도로 만들어서 다른 장작 난로와는 달라."

"난로가 거기서 거기지."

색다른 것만 보면 가만 있지 못하는 남편을 알기에 내심 못마땅했다. 남편은 나무 타는 연기가 집 안으로 역류하지 않고, 통 안에 열을 저장하는 장치까지 만들어 연통으로 빠져나가는 열 손실도 줄일 수 있고, 다른 난로에 비해 나무도 절약된다면서 마치 난로회사 외판원처럼 얘기했다.

난로 성능을 시험이라도 하듯 그해는 봄이 더디게 왔다. 그런데 난로를 쓰면 쓸수록 말 그대로 허세가 아니었다. 아무리 한파가 몰아쳐도 난로에 불 피우는 수고로움만 게을리하지 않으면 집 안은 언제나 훈훈했다.

그로부터 십여 년간 장작 난로는 장작 보일러와 함께 우리 집 난방을 책임지는 일등 공신이 되었다. 난로에서 구워 먹는 고구마 맛은 어릴 적 고향집 잉걸에 구워 먹던 불맛이 난다. 차를 마시는 친구들도 이 맛에 반해 언제나 찻자리의 마무리는 구운 고구마가 되곤 한다.

기온이 한 자릿수로 내려가는 날은 이 궁이와 난로에 동시에 불을 지핀다. 탁탁 요란한 소리를 내며 벌겋게 타는 장작을 보고 있으면 오래 묵은 체증이나 근심 걱정이 불 속에서 재가 되는 느낌이다. 나무가 한 줌 재로 사라지는 그 순간은 몸도 마음도 재가 되어 가벼워진다. 다시 그 자리에 온갖 고민들이 채워지는 시간은 짧기만 해도, 비우면 채워지는 게 삶의 파편들인가 보다.

허나 이런 불장난도 오래가지 못할 것 같다. 화력이 점점 떨어지는 보일러나 난로 때문이 아니다. 집 가까이 아파트 단지가 들어설 예정이다. 집이 마을하고 떨어져 있어서 누리던 매캐한 고향집 냄새와 그리운 어머니 단골 냄새를 머지않아 내어 줘야 할 것 같다.

친구가 들려준 말이 내게도 현실이 되었다. 이웃집에서 콩 삶는 냄새가 싫다고 민원을 넣어 메주를 만들어 팔려던 사람이 이사를 갔다고 한다. 밥상에 매일 오르는 된장 메주 냄새도 싫어하는데, 굴뚝에서 나는 연기 냄새를 봐 줄 리가 없을 것 같은 염려가 아직 오지 않은 일인데도 한 발 앞서서 신경이 쓰인다.

힘드네, 고생이네 하면서 가끔 투덜대던 넋두리가 막상 못하게 될까 봐 아쉬워지는 건 무슨 심보인지 모르겠다. 그렇다고 노동으로 대신한 연료비가 통장에 잔고로 남아 있는 것도 아니고 어디에 썼는지 장부에도 없으면서 말이다.

그래도 한 가지 확실한 건, 통장은 비었어도 그동안 들인 노력이 헛되지는 않았다. 나무 불꽃 앞에서 불멍을 할 때면 마카롱 같은 맛을 느낀다. 그중에도 으뜸은 어릴 적 고향집 향수와 어머니 몸에 밴 연기 냄새다. 고생해서 얻은 연료비 그 이상의 것이다.

그러나 이제 우리도 본의 아니게 아파트에게 고향의 냄새를 내어 주고 아파트 주민으로 살아야 할지도 모르겠다.

죽은 자가 산 자를 품다

　부산 아미동에 있는 비석마을을 답사하는 날. 일행 스무 명을 태운 버스가 아슬아슬 비좁고 가파른 언덕을 오르고 있었다. 자동차 뒷꽁무니에서 내뿜는 매연이 골목에 퍼지고, 버스가 담벼락과 집 모퉁이에 긁히고 부딪칠 것 같아서 손에서 땀이 났다.

　진땀을 빼고 마을 꼭대기에 오르니 언덕 아래 빌딩들이 발아래 까마득했다. 햇살은 구름 사이로 산 위를 비추고 하늘은 손을 뻗으면 닿을 듯 가까웠다. 아미산에서 불어오는 바람은 머리칼을 한바탕 헝클어 놓고 지나갔다. 이곳에 묻힌 자들이 구천을 맴도는 듯했다.

이곳은 일제 강점기와 한국전쟁으로 탄생한 비석마을이다. 개항 후 부산에 거주하는 일본인들이 급격히 늘어나고 사망률도 높았다고 한다. 그래서 공동묘지가 생기고 화장장도 생겼다. 용두산 쪽 복병산에 있던 묘지가 시가지 확장으로 지금의 아미동으로 이장했다고 한다.

해방 이후에 6·25전쟁이 터지고 피란민이 넘쳐나자 갈곳 없는 이들이 이곳에 터를 잡은 것이 지금까지도 무덤 위에서 살게 된 것이다. 그래서 산 자의 집과 죽은 자의 묘지가 공존하는 동네가 되었다. 일본인 중에는 성도 이름도 없이 묻힌 서민이 대부분이었다고 한다.

이들이 살 집이 필요했던 피란민들에게 누울 자리를 내주었다. 피란민들은 비바람만 가릴 수 있는 곳이면 무덤이라고 가릴 처지가 아니었다. 비석으로 벽을 세우고 무덤 안에서 주워 온 판자를 깔고 천막을 씌워 비바람을 막을 수 있는 것만으로도 다행이었다.

골목과 집에는 비석으로 썼던 대리석과 네모난 돌이 주춧돌과 옹벽으로 쓰인 흔적이 그대로 남아 있었다. 군데군데 일본인 이름과 생년월이 새겨져 있고, 벚꽃 문양도 또렷하게 새겨져 있었다.

지난 역사가 슬프게 가슴을 치고 지나갔다. 부끄러운 일이다. 그렇지만 미움도 증오도 뒷전이고 그들이 남기고 간 무덤이 살아 있는 자들에게 안식처가 되다니, 이런 아이러니가 또 있을까 싶다.

할머니에게 들은 이야기가 생각난다. 산속에서 길을 잃고 날이 저물면 무덤을 찾아가 그 안에서 하룻밤 눈을 붙였다고 한다. 산담이 산짐승을 막아 주고 무덤 주인이 지켜 주니 안전하다고 믿었기 때문이다. 그런데 하룻밤이 아니고 평생을 피란민들은 무덤을 집 삼아서 살았다니, 시대의 절박함이 어떠했는지 짐작이 간다.

골목길을 몇 계단 더 올라가자 매캐한 냄새가 코를 찔렀다. 어제 불이 난 집에서 나는 냄새였다. 뼈대만 남은 채 을씨년스런 모습으로 널브러져 있는 곳에서는 금방이라도 연기가 다시 피어오를 것만 같았다.

할머니 서너 분이 골목집 마당에 모여 있다가 우리를 보고 불난 집 조사하러 온 조사원이냐고 물었다. 할머니는 불이 이웃으로 번지지 않고 사람이 다치지 않은 게 천만다행이라고 했다. 젊은이들은 다 떠나고 철거 위기의 마을에 남아 있는 몇 안 되는 주민들이었다. 적은 보상금으로 갈 데가 마땅하지 않으니 피란 와서 정붙이고 잔뼈가 굵은 무덤 마을을 쉽게 떠나지 못한다고 말을 이어갔다. 나랏님도 구제 못한 일을 무덤이 대신해 주고 있었던 것은 아닌지.

그래서 자신들을 받아 준 무덤 속 영혼을 위해 백중날과 명절에 밥 한 그릇 수저 한 벌 놓고 제를 올리며 설움을 달래지 않았을까. 지금도 산자락의 작은 절에서 합동 위령제를 올린다고 하니 평생 마음에 진 빚을 갚는 심정이 아닌가 한다. 구천을 맴도는 영혼에 동병상련의 아픔도 느끼면서.

"없으면 서러운 것이라예."

할머니의 한이 서린 말이다. 갈라진 벽 틈을 비집고 피어난 노란 풀꽃 하나가 눈길을 사로잡았다. 큰 것을 탐하지 않고 작은 몸짓으로 세상에 존재를 알리고 있었다. 산입에 거미줄을 치지도 못하고 살아내야만 하는 끈질긴 생명력은 결코 한 가닥 희망을 놓칠 수 없었던 것일까? 자꾸만 작은 꽃에 눈길이 갔다.

칠십 년 넘는 세월을 무덤 위에 살아도 막상 떠나려니

무덤만 한 곳이 없음인가. 아니면 생의 마지막이 무덤일 바에야 굳이 무덤을 떠나야 할 까닭이 없어서일까? 군데군데 마을 철거를 반대하는 현수막이 무정하게 펄럭이고 있었다.

돌아서 나오는데 무덤에 등을 뉘고 고난과 맞섰던 자들의 긴 설움이 등 뒤로 꽂혔다. 그 설움은 아직도 끝나지 않은 채, 남아 있는 할머니들마저 떠나면 아미산에서 불어오는 바람은 어떤 소리로 이 얄궂은 산 자와 죽은 자의 공생을 노래할까? 발걸음은 앞을 향해 내딛지만 고개는 자꾸 뒤를 돌아보게 했다.

작은 것부터 비우기

어느 해 지인에게서 자개로 만든 보석함을 얻었다. 그런데 보석함이 무색할 정도로 속은 빈약하기 그지없다. 결혼 예물은 오래전에 이러저러한 사연으로 손을 떠났고, 후에 곗돈을 부어 장만한 금목걸이와 반지가 주인이 된 적이 있었다. 그것마저도 IMF 때 금 모으기에 일조를 하면서 주인다운 주인이 없었다.

보다 못한 남편이 돈이 좀 생기니까 금붙이를 사 줘서 보석함의 주인이 되었다. 금붙이는 유사시에 현금이나 다름없다는 말까지 덧붙였다. 그래서인지 값나가는 다이아몬드도 아닌데 금붙이를 가지고 있다는 게 든든하기도 했다.

말이 씨가 되었다. 큰돈이 되는 것은 아니지만 금붙이가 조금은 도움이 되었다. 딸아이가 서울에 조그만 보금자리를 마련할 때 팔아서 보태 주고 나니, 다시 보석함엔 자잘한 것들 차지가 되었다.

그 금붙이는 한두 번 정도 목에 걸고 손가락에 끼어 보고는 함지기가 되었던 것들이다. 어쩌면 금붙이는 남편 말대로 그냥 저축해 둔 돈으로 생각했을지도 모른다.

그래도 보물처럼 여기면서 외출할 때는 보석함을 나만 아는 장소에 숨겨 두곤 했다. 문을 잠그는 습관이 덜 되어 우리 집은 아예 외출할 때도 문을 잠그지 않는 편이다. 돌아가면서 일일이 유리창문을 잠그는 게 귀찮아서 그런지도 모른다. 나중에는 찾을 때 애를 먹기도 한다. 그래서 놓아 둔 곳을 핸드폰으로 찍어 안심하기도 한다. 남이 알면 푼수라고 비웃을 일이다. 아니 화성에서 온 여자라고 이상하게 여길지도 모르겠다.

차인들은 우리 집에 오면 다기(茶器)를 진열하지 않고 살레 속에 처박아 놓았다고 하고, 수석인들은 수석을 진열장에 진열하지 않는다고 한마디씩 한다. 그러면서 문단속은 하고 살라고 거든다.

고민하고 망설이다가 CCTV를 거실 한쪽에 달고 몇 년을 무탈하게 지냈다. 그러던 어느 날 아들이 뭐가 없어졌다며 CCTV를 돌려보다가 접고 말았다. 곤란한 상황이 되면 처신하기가 어려울 것 같아서였다. 그 후 남을 몰래 감시한다는 게 왠지 더 못할 짓인 듯해 CCTV 코드를 빼 버렸다.

일전에 수석 잡지에서 의미 있는 글을 읽었다. 그분은 친한 후배와 지인이 집에 다녀간 후 아끼던 소품 한 점이 없어진 걸 알고 잠시 망설였다고 한다. CCTV를 돌려보면 누구 짓인지 알 수 있을 텐데, 확인하는 순간 마음에 혼란이 올 것이고, 누구라도 나보다 더 애장석(愛藏石)으로 간수하면 그것으로 족하다고 생각하며 씁쓸함을 달랬다고 한다.

피치 못할 방범 도구로 기계에 의존하려고 했지만 결국은 사람 사이를 저버릴 것 같아 CCTV를 돌려보지 않은 그분의 글이 가슴에 와 닿았다.

그렇다고 기계를 탓할 수만도 없다. 기계와 더불어 사는 시대를 살고 있으니 어쩌겠는가. 범죄를 다룰 때만큼은 열 형사 못지않게 도움이 되니 말이다.

CCTV는 껐지만 보이지 않는 마음을 비우는 일이 쉽지만은 않았다. 눈에 보이는 것은 치우면 될 일이지만, 마음의 더께를 걷어 내고 비운다는 건 신의 경지에 오르지 않고서는 어려운 일이 아닐 수 없다.

욕심은 가질수록 늘어나고 비교하면 할수록 무게가 더해진다고 하는데, 겉으로는 아닌 척하지만 내면을 들여다보면 오만 가지 물욕이 꿈틀거리는 것을 의지로는 멀리하기가 어렵다. 밭을 하나 사면 그 옆에 맹지(盲地)를 사서 늘이고 싶은 게 사람 마음이니, 작은 금붙이 하나 없앴다고 비웠노라 하는 내가 우스운 꼴이기도 하다.

법정 스님은 우리가 살 만큼 살다가 갈 때는 자기 자신 외에는 아무것도 없다고, 오로지 자기가 지은 업(業)만 가지고 간다고 했다. 그러니 물질도 비우고 마음도 비우면 좋은 업이 쌓이겠지만, 나는 아직 멀기만 하다. 지금도 마음속에서 속물적 욕망이 비켜 갈 생각을 하지 않으니 말이다.

그래도 눈에 보이는 금붙이라도 치우고 나니 개미구멍만큼이나 홀가분하다. 장시간 집을 비우면서 보석함을 어디에 숨겨 놔야 할지 걱정할 일도 없으니 말이다. 숨겨 놓은 곳을 기억하지 못해 헤맬 일도 더욱 없으니, 작지만 이런 것도 마음을 비우는 한 방편이라면 방편이라 하겠다. 작은 것부터 비우는 연습을 해야지 싶다.

연꽃 인연

이른 아침 진흙 속에서 피어난 연꽃 한 송이
청록 잎 사이 꽃대궁 키워 이슬을 머금었다.
그 꽃송이 위로 미소를 짓는 형님 얼굴
시어머님 병수발과 집안 대소사도
묵언수행 하듯 열심이시니 부처가 따로 없다.

삶의 세찬 비바람에 등대처럼 빛나는 내리사랑
늘 가슴 한쪽에 송구한 연자 주머니 키운다.
오늘도 연잎 위에 내려앉은 천상의 이슬처럼
무량한 우주 시간 속에 동서 인연을 헤아린다.

이름과 화해하다

철학관을 찾아간 적이 있다. 아는 언니의 말에 귀가 솔 깃해서였다. 그는 취업이 잘 안 되는 아들 걱정에 누가 알 려 준 철학관을 찾아가서 이름을 개명했더니 취업이 되었 다고 했다.

호기심이 발동했다. 이름을 바꿔 꼬였던 일이 실타래처 럼 풀린다면 철학관이 아니라 그보다 더한 곳인들 못 가 랴 싶었다.

철학관에 들어서자 나이가 지긋한 분이 앉아 있었다. 어느 대통령의 사주와 이름을 풀어 줬다는 작명가는 한 참 자기 자랑을 늘어놓기에 바빴다. 나는 속으로 잘 찾아왔다고 생각하면서 백지에 아이들의 생년월일을 적어 보여 주었다. 그는 닳고 닳은 책을 펼쳐 보면서 종이에 세로로 이것저것 끄적이고 나서 드디어 일갈하였다.

"사주하고 이름이 안 맞아."

"이름 중에 한글은 놔두고 한자(漢字) 하나만 바꿔 지어도 운이 달라져."

그 말을 듣는 순간 흐렸던 하늘이 열리는 것 같았다. 두 개의 하얀 봉투에 아이들의 고쳐 지은 이름자를 받아들었다. 고맙다고 허리를 몇 번이나 굽혀 인사하고 철학관을 나왔다. 이렇게 쉬운 방법을 여태 모르고 살아온 내기 바보구나 싶었다.

법이 바뀌어 개명을 하는데 재판까지 안 가도 쉽게 된다고 하니 다행이긴 하지만, 남편을 설득할 일이 걱정이었다. 아이들 이름은 시아버님이 지어 주셨다. 우리 부부가 마음에 드는 한글 이름을 먼저 아버님께 보여 드리고, 아버님은 한글 이름에 맞는 한자를 여러 개 풀이해서 그중 사주와 맞는 한자를 찾아서 지으셨다. 딸아이 이름은 '맑을' 아(雅), '어질' 현(賢)을 써서 맑고 어진 사람이 되라는 뜻이고, 아들아이는 항렬까지 고려해서 돌림자를 썼다.

크게 효도하라는 뜻으로 '창성할' 창(昌)과 '효도할' 효(孝)를 썼다.

그런데 철학관에서는 딸아이의 현(賢)을 '빛날' 현(泫)으로, 아들의 창(昌)을 '밝을' 창(昶)으로 바꾸라고 했다. 그러면 뜻과 해석이 달랐다. 딸은 '현모양처에 오복을 불러오고 높고 귀하게 되며 하늘 아래 좋은 이름을 떨친다,' 아들은 '모든 일이 발전하고 큰 대업을 수행하며 부귀를 누린다'는 뜻이었다.

이름처럼 살아진다면 천하에 부러울 게 없을 듯했다. 그런데 며칠이 지나도록 새 이름자가 담긴 봉투는 문갑 서랍에서 잠자고, 철학관 다녀온 사실조차 남편에게 털어놓지 못하고 이제나저제나 기회만 보고 있었다.

어느 날 예기치 않은 자리에서 철학관에 같이 갔던 언니 입에서 아이들 개명 얘기가 튀어나왔다. 역시 남편은 우려했던 대로였다.

"이름자 바꿔서 다 잘 풀린다면 못할 일이 뭐 있으며, 안 되는 일이 어디 있다고 헛수고를 해."

"글자 하나인데, 더구나 부르는 데는 변화가 없으니 이 기회에 바꾸자구요."

몇 마디 항변을 해도 남편은 아버지가 손주들 이름을 섣불리 지었겠느냐면서 더 이상 말을 못 꺼내게 했다.

그러고 보니 내 이름도 아버지가 지어 주셨다. 골백번 바꾸고 싶었지만 그러지 못했다. 한자 뜻은 고사하고 한 글부터가 남자에게 어울리는 이름이다. 친척 중에 가까운 남자 동생의 이름이 나하고 같은 것만 봐도 알 수 있다. 한자(漢字)가 틀려서 같은 족보에 올렸다고 한다. 게다가 나는 여자이고 그는 남자다. 집안 대소사나 기일에 만나면 서로 자기 이름을 상대에게 부른다. 나는 누나뻘이고 그는 동생뻘이다. 누나 동생이 같은 이름을 쓰니 지금도 영 마음에 들지 않는다.

그뿐 아니다. 학창 시절에도 그랬고 지금도 부르기에 쉽지 않은 이름이라서, 전화로 본인 확인이 필요한 동의를 구하는 경우엔 "본인 맞으세요?" 하고 재차 확인한다. 남자라고 생각했는데 헷갈리는 모양이었다.

아버지는 내게 초등학교 때부터 한자로 이름 쓰는 것을 가르치셨다. 나는 복잡한 한자를 공책에 그리면서 아버지를 졸랐다.

"아버지, 애들이 남자 이름이라고 놀려요. 영희나 미자로 바꿔 줘요."

그때마다 아버지는 어른이 되면 마음에 들고 좋아하게 될 거라고 다독이셨다. 큰딸을 얻었을 때 세상을 다 얻은 것 같았다는 아버지였으니 '우재(優宰)'라는 이름을 지어 주면서 뛰어나고 품위 있는 문장가가 되라는 마음이셨을 것이다.

그런데 어른이 되고 보니 아버지 말씀이 옳았다는 생각이 든다. 비록 이름처럼 크게 되지는 못했지만 부르기 어렵던 이름이 이제야 입에 찰싹 달라붙는다. 소소한 자리에서도 사람들이 이름에 대해 한마디씩 거들어 주는 것도 기분 좋은 일이다. 며칠 전에는 단골 편의점에서 택배를 보내는데 내 이름을 받아 적던 주인이 한마디했다.

"인상에 남는 이름이라서 잘 기억하고 있어요. 이름에서 품위가 느껴져요."

과분한 찬사에 몸 둘 바를 몰랐다. 아버지가 살아 계셨으면 멋진 이름 잘 지어 주셔서 고맙다고 탁주 한 사발 올리며 넙죽 절이라도 하고 싶다.

철학관을 다녀온 지 2년이 지났다. 이름을 바꾸지 않으면 아이들의 앞날에 걸림돌이 될 것 같은 조급함이 이제는 사라졌다.

이름으로 세상이 달라지고 운명이 달라지는 것은 아닌가 보다. 다만 이름값을 하고 살라는 의미로 받아들이면 어떨까 싶다. 여태까지 이름값 하느라 늘 자신을 다잡으며 긴장하고 살아왔다. 우리 아이들이 사람 구실을 하며 아름답고 현명한 사회인으로 사는 것도 이름값을 하는 거라 믿고 싶다.

늦게나마 내 이름과 화해하고 나니 장마 끝에 해 뜬 날씨처럼 마음이 밝아 온다.

두 번 낳은 내 딸

　며칠 전 예전에 살던 동네 언니와 통화 중이었다. 이런저런 이야기 끝에 딸아이 안부를 물었다.

　"아현이 보고 싶다. 잘 지내고 있지?"

　"네, 잘 지내고 있어요."

　"그런데 나 요즘도 문득문득 아현이 생각난다. 오래전인데도 삼양에서 있었던 일이 생생하다. 연락 받고 동네 언니들과 정신없이 내달리다 보니 신발도 안 신고 삼양까지 뛰어갔더라고."

　삼십팔 년도 더 지난 일을 이웃집 언니도 잊지 못하고 있었다.

딸아이가 네 살 때였다. 남편은 가족과 떨어져 서울에서 일을 하고 있었고, 그해 8월에 휴가를 받아 이른 벌초도 할 겸 제주에 내려왔다. 주말을 맞아 남편 친구 부부들과 아이들을 데리고 외식도 하고 교외로 드라이브도 하면서 오랜만의 만남을 즐겼다.

돌아오는 길에 삼양 해수욕장 근처에 사는 친구 집에도 들렀다. 그분은 잘생긴 개를 여러 마리 키우고 있었는데, 남자들은 개에 빠져 있었고 여자들은 수다 삼매경에 빠져 있었다.

어느 정도 시간이 흘렀을까, 정신을 차리고 보니 딸아이가 보이지 않았다. 또래 아이들에게 물었더니 과자 사러 상점에 간다면서 밖으로 나갔다는 것이었다. 어른들에게서 받은 100원짜리 동전 몇 개가 상점으로 불러낸 것 같았다. 동네와 골목을 찾을 만큼 찾았는데도 아이의 흔적은 없었다.

마을회관에서 방송을 했다. 삼양 1,2,3동과 화북동 전체에. 그리고 앞바다에 떠 있는 어선에도 전해졌다.

"네 살 난 여자아이를 찾습니다. 머리는 두 갈래로 땋았습니다. 얼굴은 동그스름합니다. 소매 없는 작은 땡땡이

무늬 옷을 위아래로 입었습니다."

형제들과 부모님, 지인들이 총동원됐다. 동네 골목골목, 해수욕장 근처를 이 잡듯이 찾았지만 아이는 어디에도 없었다. 제주공항과 여객선 터미널에도 실종신고를 했다. 그 무렵은 어린이 유괴사건이 연일 신문과 방송에서 보도되던 때였다. 가능한 모든 방법을 동원했다.

어느덧 해가 지고 있었다. 금방 어두워질 텐데 초조와 불안감은 고조되어 가고 사람들도 지쳐 가고 있었다. 섬뜩하고 해괴한 생각이 방망이질치기 시작했다. 어둠이 드리울수록 두려움도 짙어져 갔다. 그때 누군가 아이를 데려간 것 같다고 했다. 그러자 모두들 그쪽으로 기울기 시작했다. 그것은 찾아도 가망이 없다는 뜻이었다.

"안 돼, 이 밤을 넘기면 안 돼. 무슨 일이 있어도 이 밤 안에 찾지 않으면 안 돼."

점점 엄습해 오는 불길한 예감은 밤이 아이를 삼켜 버릴 것 같았다.

그때였다. 아주 짧은 순간이었다. 사람들의 무리에서 벗어나 낯선 밭길로 들어서고 있었다. 어떤 힘에 끌리듯 나는 그쪽으로 가고 있었다. �당봉으로 통하는 예상하지 못한 길이었다. 그쪽은 마을에서 한참 떨어져 있어 수색 반경에서 걸러진 곳이었다. 좁고 울퉁불퉁한 길은 비가 온 뒤라서 질퍽거렸고 잡초가 가슴까지 올라왔다.

그때 밭쪽에서 내려오는 어떤 사람과 마주쳤다.

"아저씨, 네 살쯤 난 여자아이 보지 못했수과?"

"밝은 때 저쪽으로 가는 거 보기는 했는데, 잘 모르쿠다."

심드렁하게 한마디 던지고는 가던 길을 가 버렸다. 화가 치밀었다. 방송도 못 들었냐고 따지고 싶었지만 그럴 겨를도 없었다. 그래도 아이를 봤다는 말에 한 가닥 희망이 보였다.

가리키는 쪽을 향해 목이 터져라 아이 이름을 불렀다. 그때 어디선가 가느다랗게 "엄마~" 하고 대답하는 소리가 들렸다. 분명 딸아이 목소리였다. 가슴이 뛰기 시작했다. 숨은 더 가빠졌다.

"아현아! 아현아!"

"엄마! 엄마!"

아이는 보이지 않고 엄마를 부르는 소리만 들렸다. 소리는 깊은 곳에서 났다. 미친 듯 소리를 쫓아서 찾아들어 갔다.

아이가 있었다. 흙 속에 빠진 채 흙을 머리까지 뒤집어 쓰고 눈만 껌뻑이고 있었다. 흡사 외계인처럼 보였다. 누가 아이를 뻘 속에 가둬 놓지 않고서야 이럴 수가! 아이를 와락 껴안았다. 조그만 아이 심장 소리와 내 심장 소리가 합쳐져 흥분을 최고조로 끌어올렸다.

"살아 있어 줘서 고맙다."

"자다가 깼어요, 엄마가 불러서."

"그랬구나. 잘했어, 잘했어. 그런데 누구랑 왔어?"

너무 기가 막혀서 혹시나 하고 물어보지 않을 수가 없었다.

혼자 왔다는 말에 휴~ 안도의 숨이 터져 나왔다.

뒤늦게 도착한 남편과 사람들은 아연실색했다. 반쯤 넋이 나간 둘을 보더니 '넋들임'을 해야 한다고 태산 같은 걱정들을 쏟아냈다. 그때만큼은 미신이 아니라 미신 할아버지라도 붙잡고 큰 굿이라도 해야 할 것 같았다.

다음 날 동이 트기도 전에 보살을 찾았고, 딸아이와 나를 위한 넋들임이 행해졌다. 보살이 이렇게 큰 사람인가 싶었다. 보살이 시키는 대로 내 모든 영혼을 끌어모아 딸아이가 탈 없이 자라게 해 달라고 무수한 신께 빌고 또 빌었다.

넋들임이 끝나고 밤에 보았던 그곳으로 향했다. 담이 성곽처럼 높게 둘러쳐져 있는 길에서도 한참 낮은 구렁진 밭이었다. 입구만 담 없이 비스듬하게 쉽게 들어갈 수 있게 해 놨다. 길인 줄 알고 들어갔는데 날은 저물고 출구를 못 찾아서 몇 시간을 그 안에서 헤맨 것이다.

담벼락을 끼고 흙 속에 발자국이 수도 없이 나 있었다. 얼마나 종종거리며 벗어나려고 사력을 다했는지 소름이 돋았다. 그러다 배도 고프고 지쳐서 잠이 들었던 것이다. 오히려 잠든 게 다행이지 싶었다. 깨어 있었으면 고립무원의 공포감에 아이는 정신이 나갔을 게 분명했다.

사람들은 모성의 힘으로 위기를 넘겼다고 입을 모았다. 하지만 포기하지 말라고, 포기하면 안 된다고, 아이와 나 사이에 어떤 절대자의 힘이 작용했던 거라고 믿고 싶다. 그리고 그분은 나에게 두 번 낳은 딸아이를 안겨 주었다. 첫 번째는 육체적 고통으로 낳은 아이였고, 두 번째는 정신적 고통과 악몽을 이겨 내고 낳은 나를 살린 아이.

딸아이는 흙밭에서 서로 부둥켜안고 울 때 엄마의 가슴에서 쿵쾅거리는 소리가 들렸다고 그때를 기억한다. 그러면서 쥐포 사러 나갔던 기억과 뻘 흙을 씻어 내고 담요에

싸여서 딸기우유 먹던 기억도 난다고 그날을 떠올리곤 한다. 참으로 아이다운 말이다. 그때 담력이 지금까지도 남아 있는 것 같다.

침묵하는 시계

멈춘 지 오랜 시계 하나를 장롱 서랍에 보관하고 있다. 오리엔탈 시계다. 밤색 가죽끈도 같이 바랬다. 그 옆자리에 빛바랜 지갑 하나도 놓여 있다. 사십여 년도 더 된 것들이다. 명품도 아니다. 그럴 만한 사연이 있기에 버리지 못하고 있다.

해마다 8월이 오면 아직도 채 가시지 않은 아픈 상처가 불쑥불쑥 올라온다. 제왕절개로 출산한 첫아이를 얼굴도 못 보고 저세상으로 보낸 어미의 미련이다. 출산 예정일보다 며칠 늦게 세상 밖으로 나왔지만 끝내 목숨을 거둔 아이의 잔영이 가시처럼 살갗을 파고든다. 자궁 안의 산소

부족으로 예정에 없던 수술까지 했지만 살리지는 못했다.

어미는 아무것도 모른 채 마취에서 깨어나 아기를 찾았다. 옆자리에 있어야 할 아기가 보이지 않았다. 남편 얼굴이 먼저 시야에 들어왔다.

"아기는 어디 있어요?"

"응, 인큐베이터에서 잘 자고 있어."

"인큐베이터라니, 왜요?"

"당신이 무사한 것도 하늘이 도우신 거야. 그러니 당신 몸부터 추슬러야 아기도 볼 수 있어."

남편이 내 눈치를 보면서 달래듯이 말했다. 아기는 누구를 닮았느냐고 물을 때마다 남편은 이렇게 말했다.

"오똑한 코와 짙은 눈썹 그리고 쌍꺼풀 진 눈과 새까만 머리가 당신하고 나를 반반씩 닮았어."

배를 가르고 누워 있어서 행동이 부자연스러웠다. 3층에서 걸어서 인큐베이터가 있는 곳까지 계단을 오르내리기에는 산모의 상태가 좋지 않았다. 그러니 어서 일주일이 지나 아이를 안아볼 수 있기를 학수고대했다.

드디어 퇴원하는 날 아침. 아기를 볼 수 있다는 기대에 한껏 부풀었다. 마침 둘째 시누이도 퇴원을 거들러 오셨다.

그런데 남편이 퇴원 수속을 하는 동안 시누이가 그동안 숨겨 온 사실을 털어놓고 말았다.

"언제까지 쉬쉬하며 숨길 수도 없고, 마음 크게 먹고 들어라. 아기는 태어나자마자 잘못돼서 네 남편이 잘 묻어 줬져."

'하늘이 노랗다'는 건 이럴 때 딱 어울리는 말이었다. 다리에 맥이 풀리면서 한 걸음도 내디딜 수가 없었다. 그냥 주저앉고 말았다. 들것에 실려서 겨우 퇴원했다. 정신을 차리고 되짚어 보니 며칠 동안 수상했던 남편의 행동이 하나하나 떠오르기 시작했다. 병실을 지켜야 할 사람인데도 외출이 잦았고, 울다 온 사람처럼 눈이 충혈되어 있을 때도 종종 있었다. 내 앞에서 괜히 오버했던 말이나 행동들도 떠올랐다.

문병 왔던 이웃들도 수상쩍었다. 아마도 남편이 당부해서 아이 얘기는 꺼내지 않은 듯했다. 퇴원하는 날도 의사를 만나 연극을 해 달라고 부탁했다고 한다. 내가 아기를 보러 내려오면 적당히 다른 아기를 보여 주고 산모를 안심시켜 달라고….

그런데 들켜 버렸으니, 누나에게 좀 더 기다리지 않았다고 호되게 나무라는 남편을 나는 원망했다. 나를 바보로 만든 것 같아서였다.

그동안 남편은 아기를 묻어 주고 자신만 아는 비밀을 만들고 있었다. 그리고 표정을 마누라에게 들키지 않으려고 일주일을 연극배우로 지냈다. 눈, 코, 머리카락이 우리 부부를 반반 닮은 아기를 차가운 땅속에 묻으며 나의 슬픔을 덜어주려고 혼자 울음을 삼킨 남편의 아픔을 나중에야 알았다.

과수원 근처는 건천인데도 깊은 웅덩이가 있어서 일 년 내내 물이 마르지 않는 '아오롱소'가 있다. 남편이 어린 시절 다이빙도 하고 멱을 감던 친숙한 곳이다.

한참 후 과수원에 갔다가 남편이 아오롱소를 찾았다. 뜻밖이었다. 얼마 전에 잃어버린 시계와 지갑이 미동도 없이 넓적한 바위 위에 있었다. 시계는 멈추었고, 밤색 지갑은 아예 허옇게 빛이 바랜 채. 남편은 아이를 과수원 어디쯤에 묻어 주고, 아오롱소 바위에서 울음을 삭였다고 한다. 얼마나 제정신이 아니었으면 시계가 풀린 줄도 모르고 주머니에서 지갑이 빠지는 줄도 몰랐을까.

과수원에 갈 때마다 딸기가 심어진 과수원 귀퉁이 어디에 흔적이라도 있을까 해서 찾았지만 어디에서도 찾지 못했다. 남편은 내게 아기가 잠들어 있는 곳을 알려 주지 않았다. 지금쯤은 알려 줄 만도 한데 여전히 입을 다문다. 사십여 년이란 세월이 흘렀는데도.

아마 남편은 앞으로도 말하지 않을 것이다. 왜냐하면 남편의 가슴에 묻었으니까. 모든 것을 알고 있는 빛바랜 지갑과 멈춰 버린 시계가 언제까지고 장롱 서랍을 지키면서 침묵하는 것처럼.

멍게 여인

　시어머님과 친정어머니 두 분이 살아 계실 때는 아쉬운 걸 몰랐다.

　살림살이가 쉽지 않다는 걸 잘 알고 계신 분들이라 밑반찬이나 특별한 음식을 으레 챙겨 주셨고, 김치며 장아찌, 된장, 간장 등을 철철이 만들어 오셨다. 그 덕에 나는 서툰 솜씨를 익힐 필요조차 느끼지 못하였다. 살림의 달인이신 시어머니께서는 애들 간식까지 만들어 주셨는데, 나중에 내가 해 보려 해도 도통 그 솜씨를 따라갈 수조차 없었다.

　요리도 일종의 예술이라 생각한다. 각종 매스컴에 등장

하는 장인들은 눈 깜짝할 사이에 대단해 보이는 음식을 만들어 낸다. 나도 따라서 해 보려고 재료와 순서를 적고 실습도 하느라 용을 써 보지만 생각처럼 만만치 않다. 특히 해산물로 만드는 음식이 잘 되지 않는다. 성장기 내내 바다도 아니고 산도 아닌 중산간에서 살았던 탓도 있을 것이다.

중산간 마을의 평상 먹거리는 주로 밭에서 나는 채소들이었다. 바다에서 나는 재료들은 귀한 몸이라서 특별한 명절이나 제삿날은 읍내 장에 가서 사 오곤 했다. 그런 일은 한 해 몇 차례에 불과했으므로 당연히 해산물과는 친숙하지 않을 수밖에 없었다.

삼월 보름처럼 바닷물이 멀리 빠져나갈 때 온 동네 사람들이 하루 일을 제쳐두고 몇 리 길을 걸어서 갯가로 나갔다. 그날은 미역이나 톳을 따고 보말과 성게, 소라도 잡는다. 그날 저녁은 갯내음이 연기에 실려서 온 마을을 들썩이게 했다. 미역과 톳은 어른들이 좋아했다. 아이들은 보말 까먹는 재미에 바늘 끝이 휘도록 신이 났다. 전복, 멍게, 해삼 같은 고급 해산물과는 인연이 좀 멀었다.

어느 날 가게 문을 닫고 집에 와 보니 멍게가 한가득 배달

되어 있었다. 내가 별로 좋아하지 않아 어떻게 요리하는지도 몰랐다. 솔직히 난감했지만, 남편이 좋은 안주가 생겼다며 군침을 삼키는 바람에 용기를 냈다. 한 번도 만져 본 적이 없는 멍게를 도마 위에 올려놓았다. 무턱대고 양 끝을 잘라 물컹한 내장은 훌훌 털어 버리고 울긋불긋 고운 껍질을 애써 손질했다. 꼬들꼬들한 것을 잘게 썰어 예쁜 접시에 담아 의기양양하게 상을 차렸다. 순간, 남편의 눈이 왕방울처럼 커졌다.

"아니, 알맹이는 어디 가고 멍게 껍질만 놓은 거야?"

"알맹이라니요? 내장만 빼서 싱크대에 버렸는데요."

아차 싶었던지 남편은 싱크대로 뛰어가며 '먹는 것과 버릴 것도 구분하지 못하느냐'고 황당해하면서, 버려진 알맹이를 물에 씻고 또 씻어서 들고 들어왔다.

이제 생각해도 웃음이 터진다. 그때 안주 맛이 어떠했을지 나는 아직도 모른다. 그날 멍게는 꽤 많은 양이었다. 부산에 사는 제부가 진해 앞바다에 들어가 손수 건져 올린 싱싱한 멍게를 형님 생각을 해서 보내 온 것이었다.

그 일이 있은 다음 남편은 처가나 친구들 모임 자리에서 멍게 뉴스를 재생하느라 정신이 없었다. 그들은 배꼽을

잡고 웃었다. 소문은 일파만파 번져서 사람들은 나를 보면 '멍게 여인'이라 놀렸다. 때와 장소를 가리지 않고 멍게만 나오면 내가 떠올라 일터에 가서도 웃음거리가 되고, 밀감 따는 밭에서도 내 얘기로 웃음꽃이 만발했다. 처음엔 쥐구멍이라도 찾고 싶었으나, 점점 민낯이 드러날수록 배짱이 두둑해지면서 나 자신도 자랑인 듯 실수담을 털어놓으며 실소를 머금는다. 그리고 항변하듯 혼자 중얼거린다.

'저렇게 사람들을 웃게 만들었으니 덕을 쌓은 거나 다름없구나!'

멍게 여인으로 살아온 지도 십여 년이 훌쩍 넘었다.

여행 중에도 멍게 한 접시를 시켜놓고 남편과 잔을 부딪치며 그때 생각이 떠올라서 웃음을 터트리곤 한다. 이젠 내 입에도 익숙해져 보들보들하고 쌉싸름한 맛이 제법 식욕을 돋운다.

멍게 사건 이후 전복이나 해삼을 손질할 때면 남편이 주방을 서성인다. 주방을 모르던 남편이 변한 것은 다른 의도가 있기도 하다. 해삼에서 진미라고 하는 내장을 다시 수챗구멍으로 흘려보낼까 봐 못 미더워서다. 멍게 알짜배기를 버리고 껍질만 내왔으니 그럴 만도 하다 싶지만,

기분이 썩 좋은 것은 아니다. 어쩐지 주부로서의 권위와 자존심을 내준 것만 같아서다. 하지만 앞날을 위해서 남편을 주방으로 불러낸 것은 남는 장사인 것 같다.

딸아이가 요리에 미숙한 엄마를 닮을까 봐 남편이 걱정이라도 하면, '별소리를 다 한다'며 제법 큰소리를 치지만, 어쩐지 뒤가 켕긴다. 아무래도 이 불명예는 두고두고 나의 진중한 역사에 누를 끼칠 것만 같아서 남몰래 쓴웃음을 짓곤 한다.

제5부 시리도록 아름다운 겨울날에

우리 가족의 QR코드

　남편은 형제가 많았다. 형제들은 결혼이나 직장을 따라 대도시에 나가서 살고 있다. 고향은 꼬두람이인 남편이 혼자 지킨다. 외롭지만 친인척의 대소사를 챙기며 고향을 떠나 있는 형제들의 연락사무소장 역할을 하고 있기도 하다.

　부모님이 물려주신 전화번호를 여태 쓰고 있다. 몇 번이나 주인이 바뀌어도 남편은 전화번호 끝자리 0047만은 바꾸지 않으려고 한다. 그 번호는 셋째 시숙이 쓰다가 타지로 발령받아 가면서 시부모님이 사용하던 것이고, 시부모님이 돌아가시자 우리가 물려받았다.

　남편은 부모님이 물려주신 전화번호를 유산처럼 소중하게

지킨다. 지금도 돌아가신 부모님의 목소리가 들려올 것만 같다고 되뇌곤 한다. 전화번호 숫자에 무슨 특별한 의미가 담겨 있다거나 기억하기에 편한 것도 아니지만, 시댁 식구들과 깊이 연결되어 있다는 생각만은 지울 수가 없다.

이 번호를 돌려서 흩어져 사는 가족들과 연락을 취할 때면, 형제들의 타지에서의 곤고한 삶이 영혼처럼 스며 있다고 믿는다.

남편과 내 핸드폰 끝자리도 0047이다. 팩스 번호도 역시 같은 번호다. 가게를 할 때는 집 전화번호와 팩스 번호 모두 바쁘게 소식을 실어 날랐다. 집 번호는 핸드폰에 연결하여 분신처럼 지니고 다녔다. 팩스는 견적서와 서류를 보내고 받는 충신이었다. 그러니까 넉 대의 전화번호 끝자리가 똑같다.

전화번호가 같아서 불편할 때도 가끔 있었다. 상대방이 결제를 미루거나 전화 받기를 기피하는 일이 생기면 난감하기도 했다. 남편 전화기를 써도 같은 번호이고, 착신을 풀어서 집 전화로 연락을 취해도 같은 번호이니 피하기 좋은 예다. 괘씸하다 싶을 때는 남의 전화를 빌려서 걸 정도였다.

가게를 접은 지 서너 해. 전성기를 누리던 두 대의 전화기가 책상 위에서 먼지를 뒤집어쓴 채 0047 번호를 끌어안고 있다. 몇 해째 기본요금만 축내는 게 딱해서 전화번호를 반납하면 약간의 도움이 될까 싶어 남편에게 의사를 비쳤더니 펄쩍 뛰었다.

"기본요금이 그렇게 아까우면 내 용돈에서 공제해요."

뒤통수를 한 대 얻어맞은 느낌이었다. 전화번호 하나 붙들고 향수를 잊지 못하는 남편에게 실리적으로 접근한 내가 지나쳤다는 생각이 들었다.

디지털 시대에 아날로그적인 남편의 고집이다. 그 고집은 당분간 꺾이지 않을 것 같다. 하기사 대단한 유산보다 더한 가족의 역사를 간직하고 싶어 하는 남편의 마음을 왜 모르겠는가. 작지만 큰 유산으로 기억하는 한 우리 집 번호 0047은 영원하지 싶다.

책상 위의 전화기가 나를 소환했다. "어미야!" 하고 부르는 삼십 년 전의 어머님 목소리가 전화기 속에서 가는 선율을 타고 들리는 듯하다. 0047 번호를 떠올릴 때마다 이렇듯 가족의 역사가 포도알처럼 좌르르 쏟아지곤 한다. 며칠 전에도 그 선을 타고 셋째 시숙의 비운이 전해졌다. 한 가족의 역사가 지난한 시간 속으로 다시 저장되는 순간이었다.

나와 남편에게 하나의 바람이 있다면, 먼 훗날 우리가 떠난 후 아이들 가운데 누구 하나가 이 전화번호를 이어서 썼으면 한다. 어쩌면 그 애들도 남편이 그랬듯이 우리 가족의 QR코드 0047만 치면 거기서 우리 목소리가 들릴지도 모르니까.

눈물의 벌초

태양빛이 엷어졌다. 대지를 태울 듯하던 태양도 설기 앞에서는 순응할 수밖에 없나 보다. 이즈음이면 이른 아침부터 요란한 예초기 소리가 고요를 깨운다. 조상 묘에 벌초가 시작되었음을 알리는 신호다.

살고 있는 집이 도심에서 조금 떨어져 있고 주변은 한적한 곳이라 아직도 무덤이 띄엄띄엄 자리하고 있다. 그러니 그 자손들이 벌초하고 제를 올리는 걸 먼발치에서 보게 된다. 벌초를 대행업체에 맡길 수밖에 없는 남편은 부러움을 금치 못한다. 남의 일이지만 미풍양속을 따르는 일이 보기 좋다.

고향에 혼자 남은 남편은 아버님과 함께 여기저기 흩어져 있는 묘를 찾아 벌초해 왔지만 만만치 않았다. 양자로 가신 둘째 형님 몫의 벌초까지 했으니 감당해야 할 묘가 꽤 많았다. 도시락에 낫 몇 개 허리춤에 차고, 예초기까지 메고 며칠에 걸쳐서 연례행사를 치렀다. 어릴 때부터 해오던 일이라 그런지 남편은 능숙하게 낫질도 잘하고 예초기도 잘 다뤘다.

결혼하고 몇 해 동안은 아버님과 남편에게 조금이라도 도움이 될까 싶어서 벌초를 따라나선 적이 있다. 산세가 험한 곳에서는 길을 잃기도 했다. 지금은 산책 코스로 유명해진 절물 꼭대기에 있는 증조할아버지, 할머니 쌍묘를 벌초하고 내려오다 생긴 일이었다. 쉬운 길을 찾아 내려온다는 게 그만 길도 없는 가시덤불 속으로 들어가고 말았다. 몇 시간을 덤불 속에서 헤매다 나와 보니 들어갔던 길하고는 정반대의 길이었다. 해가 기울고 있었다. 그 후로는 한참을 벌초 길에 동행하지 않았다.

외할머니 묘는 저지오름 자락에 모셔져 있다. 어머니를 따라서 종종 벌초 길에 따라나선 적이 있다. 어머니는 눈물로 벌초를 하셨다. 당신 어머니의 한이 어머니 가슴에도 한으로 남아 쉽게 놓지 못하셨다. 할머니는 이름만 조강지처였다. 4·3 때 남편을 잃자 그 조강지처 자리도 오래가지 못했다. 딸 하나만을 바라보며 살다가 병이 나서 돌아가셨다. 그 딸이 나의 어머니다.

어머니는 그런 당신 어머니를 팔십 평생 놓지 못하고 산소에만 가면 눈물부터 흘렸다. 할머니 묘에는 가시와 억새가 많았다. 한 줌 한 줌 벨 때마다 찔리는 아픔보다 당신 어머니의 삶이 더 아프다며 한을 토로하셨다.

시아버님이 돌아가시고 성인이 된 조카 둘이 남편과 함께했다. 형들이 못한 일을 그 자식들이 거들게 된 것이다. 나도 도시락을 싸들고 다시 벌초 길에 따라나섰다. 그때부터 전에는 무심했던 무덤마다의 사연이 가슴에 들어오기 시작했다. 남편은 특히 형제들 묘를 벌초할 때면 살아생전 그분들의 기구했던 이야기를 풀어놓았다. 무덤마다 아프지 않은 사연이 없었다.

열여섯 살 누나의 일생과 스물세 살 형의 아픔, 맏형의 파란만장한 삶이 파노라마처럼 펼쳐지는 순간이었다. 그러면서 힘들었던 삶의 과정이 눈물로 표출되곤 했다.

고심 끝에 우리 집 벌초를 대행업체에 맡기기로 했다. 남편이 두 번이나 허리 수술을 해서 물건을 드는 것도 힘들거니와 걷는 것도 많이 불편하다. 함께하던 조카도 타지로 가고 남은 조카에게 짐을 지우는 게 무리였다. 처음에 벌초를 맡길 때만 해도 낯설고 조상님들께 면목이 없었다. 그런데 해가 갈수록 점차 익숙해지고 있다. 아예 단골을 정해 놓고 주소만 찍어 보내면 묘를 찾아서 깔끔하게 벌초하고 인증샷을 보내 준다.

이제는 대가족이 사라지고 벌초하는 자손들이 줄거나 후손이 없는 집이 늘어나면서 예부터 내려오던 미풍양속도 달라지고 있다. 벌초만이 아니라 명절이나 기제사 문화도 달라진 것을 체감한다. 휴가철에 여행지 호텔방에서 차례나 제사를 지내는 일도 간혹 있다고 한다. 미풍양속과 신풍속이 혼재된 과도기가 앞으로는 어떤 기로에 놓이게 될지 염려된다. 점점 밥상머리 교육이 없어지면서 이기적인 사회로 치닫고 있는 현실만 봐도, 이러다가 남아 있는 인간성마저 묻혀 버리는 것이 아닐까 돌아보게 된다.

조상님들은 묘에 잡풀이 무성한 것 자체도 불효라고 했다는데, 불효의 오명에서 벗어나려고 애쓰는 남편도 딱하기 그지없다. 몸이 건강해야 효도도 가능한 것임을 깨닫게 된다. 허니 벌초를 다른 사람 손에 맡기는 것도 어쩔 수 없는 흐름이라고 에둘러 위안을 얻는다.

돌아가시기 전 어머니는 휠체어에 의지한 채, 마지막으로 당신 어머니 산소에서 한 망태기 하직 인사를 쏟아 놓으셨다. 막냇동생이 어머니를 모셨다.

"나도 살 날이 며칠 안 남았수다. 그동안 내 손으로 벌초하면서 어머니를 만나는 것도 나쁘지 않았수다. 앞으로는 어머니 아들 석종이가 벌초하러 올 거우다. 석종이가 못 허민 벌초 대신해 주는 사람한테 맡겨도 그러려니 받아들입써. 나 살아 있을 때 어머니 벌초하는 거 정리하고 가젠 해신디 마음대로 안 됐수다."

석종이는 어머니 남동생이다. 동생 혼자서 큰집 벌초까지 떠안고 고군분투하는 게 안쓰러워서 동생이 짊어진 짐을 덜어주고 싶은 마음이 컸던 어머니는 팔십 평생 저지 오름 자락을 오갔던 것이다.

달이 기울고 있었다. 생이 얼마 남지 않음을 알고 동생의 짐을 덜어주지 못함과 벌초의 아쉬움을 당신 어머니께 고해 바치는 순간이었다. 벌초 가는 길은 지난 삶에 대한 회상과 성찰의 시간이기도 했다.

어머니와의 고별을 마지막으로 함께하던 벌초 길도 막을 내렸다. 남편도 벌초 길에 발길을 두지 못한 지 오래다. 가시덩굴과 풀섶을 헤치며 걷던 길들은 이제 기억의 한 조각이 되었다. 남편은 사금파리처럼 반짝이는 파편 앞에 기억을 좇아서 덩그러니 앉아 있다.

그립다. 어머니가 나와 같은 하늘 아래서 숨을 쉬고, 남편이 예초기를 메고 덤불 속을 헤치던 시절, 힘은 들어도 그래도 그때가 좋았다. 사람 사는 맛이 나서 좋았다.

이제 구름 사이로 태양이 지고 있다.

어머님, 미안합니다!

 해마다 봄이 되면 팽나무 가지 끝 우듬지에 까치가 집을 수리하여 알을 품는다. 진종일 쉬지 않고 우듬지를 오르내리는 어미 새를 보면 한 생을 곤고하게 살다 가신 어머님의 모습이 떠올라 가슴이 저릿하다.

 내가 시집왔을 때 어머님 나이 예순여섯이셨다. 계축년에 태어나서 이름을 계축이라 지었고, 소띠라서 일복이 많다고 살아온 날을 풀어놓곤 하셨다. 열여섯 어린 나이에 시집와서 열 남매를 낳으셨고, 그중에 다섯 자식을 먼저 보냈다. 앉으면 줄담배를 태우시던 모습은 갓 시집온 나에겐 낯설기만 했다.

어머님은 굴곡진 비탈길을 오르내리는 힘에 부친 삶을 살아오셨다. 태평양전쟁 때는 일본에서 한 많은 삶을 사셨고, 해방이 되자 식솔들과 고향으로 돌아왔지만 막막함 그 자체였다. 연이어 4·3과 6·25를 겪으면서 손가락 세 개를 잃은 아버님을 대신한 가장이 되셨다. 앞서 보낸 자식들을 줄줄이 가슴에 묻고 그나마 담배 한 개비 태우면서 타는 가슴과 시름을 달래셨다.

나는 천천히 어머님을 알아갔다. 소의 꼬리가 되기보다는 닭 머리가 되라고 하시던 어머님은, 친척네 잔칫집에서 설거지하는 나를 당신 옆에 불러 앉히시고 "요리하는 것을 배워 두거라. 그래야 대우받는다" 하며 요리를 가르쳐 주셨다.

당신 삶의 체험과 경험을 살림이 불안불안한 며느리에게 가르쳐 주면서 어떤 위기가 닥쳐도 준비된 지혜와 강심만 있으면 두려울 게 없다고 늘 당부하시곤 했다. 종잣돈의 필요성도 당신의 경제 논리로 내게 깨우쳐 주셨다. 그 강인함과 억척스러움으로 경제 대통령이니 만물박사니 하는 별명도 얻으셨다.

서울 사는 둘째 아들을 잠시 만나고 오겠다던 어머님은

그길로 제주에 내려오지 못하고 서울에 눌러사셨다. 셋째 아들 집에서 임종을 맞을 줄은 아무도 예상하지 못한 일이었다. 동네 경로당을 접수하고 똑똑한 제주 할머니로 이름을 날리셨다. 그렇게 서울살이에 재미가 붙을 무렵 대장암 진단을 받았다.

그렇게 당당하던 어머님도 병마 앞에서는 가여운 여인이었다. 제주 산지물이 드시고 싶다는 어머님을 위해, 투병하시는 석 달 동안 자바라 통에 물을 담아 서울로 나르기도 했다. 형님 내외분의 지극한 병간호에도 생겨난 욕창은 어쩔 수가 없었다.

식솔들의 기둥이 되어 자신만의 방식으로 삶의 길을 터득해야 했던 어머님은 주어진 운명을 거스르지 못하고 마디마다 옹이진 여장부의 삶을 뒤로 한 채 먼 길을 떠나셨다.

병실에서 내게 건넨 한마디.

"어미야, 그동안 많이 도와 주지 못해서 미안하다. 그래도 내 제사는 어미가 해라."

그 말을 듣는 순간 어렵기만 하던 어머님에게 마음이 열리면서 감춰 뒀던 고백을 했다.

"어머님, 제가 더 미안합니다. 귤이 귀하던 시절에 인근 선과장에서 상처난 귤을 얻어 오셔서 잼은 만들어 당신 손주 주고 상처를 도려낸 귤은 팔러 다니셨죠. 작은 체구에 소쿠리 가득 머리에 이고 동문시장 가게마다 들어가서 '귤 삽서. 싸게 드리쿠다' 하고 외치시던 어머님을 부끄러워했답니다. 저는 멀리서 그 모습을 보고 누가 볼 새라 도망치듯 숨어 버렸습니다. 가실 때가 돼서야 용서를 빕니다. 어렵다는 고부간이었지만 넘치도록 저를 품어 주셨던 어머님의 깊은 속을 다 들여다보지 못하고 어리석었던 저를 용서하세요."

시어머니와 며느리로 엮인 그분과의 인연은 고귀한 만남이었다. 살아오면서 여백의 행간에 감동과 배움의 흔적을 아낌없이 남겨 주셨다. 어머님의 지혜와 삶의 철학은 순간순간 위기에 봉착했을 때 나를 일으켜 세웠다.

때로는 서운했던 감정도 승화되어 그리움으로 남는다. 그래서인지 어머님과의 추억은 날이 갈수록 새록새록 깊어진다. 어려운 일이 있으면 '이럴 때 어머님이라면 어떻게 하셨을까?' 하고 자문을 구하기도 한다.

생전에 홍시를 좋아하셨는데 실컷 사 드리지 못했다.

손쉽게 구할 수 있는 요즘은 홍시만 보면 어머님 생각이 난다. 막내며느리는 이제야 철이 들어가는 중이다.

계절은 변함없이 순환하는데

들개가 새끼를 낳았다. 남편이 동산에 올라갔다 오더니 나를 불렀다.

"여보, 들개가 새끼를 낳았어."

나는 서둘러 남편을 따라나섰다. 아홉 마리나 되는 강아지가 젖을 먹고 있었다. 인기척에 놀란 어미는 저만치 도망가고 새끼들은 덤불 속으로 숨기 바빴다. 머리는 숨겼지만 덤불 밖으로 드러난 엉덩이는 젖물 오른 아기 엉덩이처럼 토실했다.

잔뜩 긴장한 어미 개가 멀리서 사납게 짖어댔다. 내 생각만 하고 새끼들 곁으로 다가간 게 잘못이었다. 안심하라고 주문을 걸어 보지만 알아들을 리 없는 어미는 막무가내였다.

어미는 내가 수시로 먹을 걸 챙겨 주던 녀석이었다. 작년에는 새끼 강아지였는데 어느 틈에 어미가 되었다. 일 년 된 강아지는 사람 나이로 치면 열여섯 살 청소년기이고, 두 해로 접어들면 스물넷 청년기에 이른다니 어미가 된 게 이해가 된다.

어미에게 국이라도 끓여 주려고 냉장고를 털었다. 미역국을 끓여 주었다. 멀찍이 거리를 두고 눈치를 보는 녀석. 자리를 피해 주었더니 그릇이 광이 나게 먹어 치웠다. 다른 날은 오리탕을 끓여서 먹였다. 북엇국도 끓여 산모 몸조리 시키듯 챙겼다. 보다 못한 남편이 사람 먹을 거를 바친다고 한마디했다. 악의 없는 말인 줄 안다.

내가 산후조리하던 때가 생각났다. 어머님은 큰 대접에 생선국을 가득 담아 주면서 지켜보셨다. 행여나 철없는 며느리가 안 먹고 버리기라도 할까 봐 이런 말씀도 덧붙이셨다.

"산모가 잘 먹어야 젖이 잘 나오는 거여."

"먹기 싫어도 아기 생각해서 남기지 말고 다 먹으라."

생선국은 그나마 괜찮았다. 메밀가루를 풀어서 끓인 미역국은 마지못해 먹곤 했다.

어미의 보살핌이 극진했는지 새끼들은 하루가 다르게 어미를 닮아 갔다. 하지만 온전히 잘 자라리라고는 생각지 않는다. 아비가 되고 어미가 될 때까지 몇 마리나 살아남을지 모른다. 밥때 나타나는 녀석들을 보면 2~3년 같은 녀석 얼굴 보기가 드물다. 목숨을 잃은 건지 영역을 옮긴 건지는 불분명하나 오래 못 사는 것은 확실하다. 100세 시대를 사는 사람에 비하면 야생 동물들에게는 턱없이 짧은 생이라는 생각이 든다.

벌써 어미는 한 달이 넘도록 보이지 않는다. 어미 없는 새끼들만 제법 자라서 울안을 제집 삼아 주인 노릇을 하고 있다. 짖는 소리도 커졌다. 집에 찾아오는 손님 말고도 주변을 산책하는 사람들을 놀라게 하는 일이 종종 벌어진다.

어느 날 아침이었다. 젊은 외국인이 경쾌한 걸음으로 우리 집 앞을 지나고 있었다. 그런데 갑자기 새끼들이 떼로 짖어댔다. 새끼들의 느닷없는 행동에 어찌할 줄 모르고 나가지도 못하고 물러서지도 못하고 얼음처럼 굳어 버린 그는 선 채로 잠깐 숨을 고르더니 도망치듯 자리를 떴다.

개가 짖는 것은 자신을 지키려는 행동이라고 한다. 그러니 사람이 두려워서 짖는 것이고 헤치려는 마음이 없음을 알리는 행위다. 그런데 사람들은 개가 짖으니 두려워한다. 사람과 개 사이에 소통이 안 되니 생기는 오해이지 싶다.

사람들은 신고해서 유기견 보호소로 보내라고 거들고, 먹을 걸 챙겨 준다고 핀잔도 한다. 성견이 되어 사람한테 해가 되는 일이 생기면 곤란하지 않겠느냐고 염려스러운 참견을 한다.

어쩌다 유기견 보호소로 가도 입양자가 안 나타나면 안락사를 시킨다고 하니, 버려지는 숫자는 많고 입양되는 숫자는 턱없이 적은 것도 안타까운 노릇이다. 오래전에 나도 개를 입양해서 기른 적이 있다. 그 많은 것 중에 고작 한두 마리였다. 몇몇 사람들이 거두는 데도 한계가 있다.

며칠 전에는 새끼 한 마리가 동산에서 죽어 있었다. 동시에 남아 있던 새끼들도 모두 사라졌다. 다른 개들도 안 보였다. 도대체 무슨 일이 있었던 걸까. 혹시 그때 놀란 외국인이 신고해 보호소로 잡혀갔나? 아니면 사람에게 화를 당했나? 그것도 아니면 주변 과수원에서 쓰는 농약을 잘못 먹은 걸까? 혹시 죽었으면 묻어 주려고 주변을 다 뒤져도 안 보였다.

길 위에서 녹록지 않은 삶을 이어가던 녀석들이 어떤 이유로든 나와의 관계에 마침표를 찍었다는 생각이 드니 가엾고 딱하다. 순식간에 친정엄마와 할머니와 대모 역할이 사라지고 말았다.

그동안 챙겨 줬던 녀석들이 눈에 밟힌다. 뒷다리 하나가 잘린 검둥이는 신경이 더 쓰이던 녀석이었다. 덩치는 작지만 대장 노릇을 하던 백구의 카리스마도 눈에 선하다. 아홉 마리 중 제일 작은 녀석은 몰래 고기나 통조림을 더 챙겨 주곤 했는데, 마음이 쉬 가라앉지 않는다. 아직 그들이 다 먹지 못한 사료가 반이나 남아 있다.

먹을 것 앞에서도 눈치를 보고 팔이 닿지 않을 만큼의 거리를 유지하면서 경계하던 녀석들. 때로는 물리고 뜯긴 상처에 약을 발라 주고 싶어도 곁을 내어 주지 않아서 안타까운 적이 많았다.

하지만 나는 다시 찾아올 짧은 이별을 기다리고 있다. 머지않아 사료 주인이 나타날 것이다. 다시 그들도 길 위에서 짧게 살다 갈 것이다. 허나 이별하는 것이 그들만은 아니다. 사랑하는 부모 형제, 사라지지 않을 것 같던 젊음, 순진무구했던 꿈, 결코 놓치고 싶지 않았던 것들도 모두 떠나갔다. 지금은 가슴 한편에 남아 있을 뿐이다. 삶은 헤어짐과 만남의 연속이라지만 이별은 역시 슬픈 일이다.

어느덧 그들이 왔던 연둣빛 봄이 짙은 초록빛 여름으로 바뀌었다. 계절은 아무 일 없듯이 자기 갈 길을 가고 있다. 이렇듯 계절의 순환은 변함이 없다. 남겨진 우리만이 가 버린 인연을 붙잡고 이별을 슬퍼할 뿐이다.

시리도록 아름다운 겨울날에

사나흘은 기온이 오른다는 일기예보만 믿고 집을 나섰
다. 백팩 하나만 달랑 메고 제주에서 출발하는 대구행 비
행기에 몸을 실었다. 이번에는 동해를 볼 심산이었다. 지
인이 영주에 있어서 그곳에서 출발하여 정동진으로 가는
열차를 타는 것도 염두에 두었다. 그것도 아니면 30킬로
로 달리는 협곡 열차를 타고 눈 쌓인 풍경을 감상하면서
분천과 철암까지 가 보는 것도 괜찮으리라 생각했다.

우리 부부는 이전에도 이삼 일만 한가하다 싶으면 훌쩍
떠나는 것을 좋아했다. 따로 목적지를 정하지 않았다. 그
저 공항에서 제일 빠른 항공권을 구하는 곳이 곧 여행지가

됐다. 도착하면 자동차를 렌트하고 자동차가 가는 곳에 마음을 맡기곤 했다.

배를 이용할 때도 있다. 자동차를 싣고 두 시간이면 완도에 닿으니 농촌이나 어촌은 물론 산골 마을을 찾아 구석구석을 돌아다녔다. 작은 마을을 다니며 사람들이 제각각 살아가는 모습을 보는 게 어떤 명소를 보는 것보다 좋았다.

이번 여정에는 일행이 함께했다. 대구공항에 내렸는데 일행 중 한 친구가 나온 김에 대게를 먹자고 제안했다. 버스로 두 시간 남짓 달려서 도착한 곳은 평해라는 작은 어촌이었다. 영주에 사는 지인도 그곳에서 합류했다. 귀하다는 박달게를 맛보고 싶었는데 그날 잡히지 않아서 대신 홍게로 배를 채웠다. 살아 있는 바다의 맛, 바다가 통째로 살아서 목 안으로 들어왔다. 여행의 묘미에 바다의 진미가 더해지니 맛이 났다.

숙소는 지인의 산막으로 정했다. 얕은 산자락에서 삼도 키우고 송이도 캐면서 자연인으로 살고 있는 지인의 산막은 이번이 서너 번째다. 마침 오전부터 내린 첫눈이 산막으로 가는 길을 온통 설국으로 만들어 놓았다. 자동차로 오르는 게 무리여서 중간에 차를 세우고 걸어서 산막까지 오르기로 했다. 경사진 오르막길을 미끄러지지 않으려고 뒤뚱거리면서도 표정들은 행복해 보였다. 앞서간 발자국도 없는 눈 쌓인 산길은 가을에 왔을 때하고는 또 다른 분위기를 연출하고 있었다.

순백의 눈이 밤을 밝히고 바람 소리도 숨 죽인 고요만이 우리의 영혼을 깨워 주었다. 그 순간 허덕이며 살던 두고 온 속세가 아득했다. 우리는 세속의 티끌을 털어 내듯 일심동체가 되어 녹슬었던 낭만에 발동을 걸었다.

희미한 전등불 아래서 눈사람을 만들고 비탈을 다져서 눈썰매장을 만들었다. 썰매는 은박지 돗자리로 대신했다. 몸이 제일 무거운 남편이 썰매 타는 속도는 가장 빨라서 눈 깜짝하는 사이에 아래로 나뒹굴었다. 그에 반해 체중이 가벼운 친구들은 더디게 미끄러지는 모습을 보면서 참으로 오랜만에 아이다운 웃음을 지었다.

그날 밤은 산속에서 겨울을 나야 하는 동물들의 심기가 많이 불편했을 것이다. 도토리도 밤도 모두 눈 속에 묻혀 버렸으니 먹이 찾기가 쉽지 않았을 테니 말이다. 게다가 산속의 숙면을 방해하는 침입자들을 지켜보며, 말을 할 수 있는 영물이었으면 크게 호통을 치지 않았을까 싶다.

이튿날은 몸서리치게 황홀한 아침이었다. 전날 산막에 들어갈 때는 어두워서 보이지 않던 진풍경이 우리를 무아지경으로 이끌었다. 솔나무 가지 위에 둥지를 튼 눈과 상수리 나뭇가지를 더께더께 감싸고 앉은 눈. 멀리 산수화를 품은 산등성이 나목이 정적을 깨운다. 나목은 병사들이 도열해서 발아래 내린 눈을 품은 모습 같았다. 볼수록 생경스럽다. 제주에서는 볼 수 없는 풍경이기에 더욱 그렇다.

겨울 한라산을 오래전에 딱 한 번 올랐었다. 그때 본 황홀한 설경이 몇십 년이 지났지만 아직도 아련하게 남아 있다. 그런 내가 오랜만에 이런 풍경과 마주했으니 장님이 눈을 뜬 기분이 이런 걸까. 어느새 산막을 끼고 흐르는 개울물 소리가 청아한 독경 소리처럼 들렸다. 잡념들이 속세를 떠나 구도자를 만난 듯했다.

지인이 차려 준 특별식으로 아침을 먹고 산막 아래로 때를 벗긴 발자국들을 포개며 영주역으로 향했다. 역은 의외로 썰렁했다. 우리가 타려던 정동진 열차는 이미 출발한 뒤였고, 분천과 철암으로 가는 열차는 운행 중단이었다.

할 수 없이 지인의 자동차로 일월산 자락과 봉화, 울진을 이어 주며 내륙을 관통하는 불영계곡으로 차를 몰았다. 온통 눈으로 덮인 계곡이 수십 킬로미터 이어지고, 굽이굽이마다 하늘만 열려 있었다. 몽환적인 풍경이었다. 가히 의상대사가 감탄할 만한 곳이었다.

의상대사가 서역의 천축산을 옮겨온 듯한 이곳의 지세를 알아보고 가까이 가서 보니 물 위에 다섯 분의 부처님 형상이 떠올랐다고 한다. 그래서 이곳에 절을 짓고 불영사(佛影寺)라고 불렀다고 전해진다.

화려한 단청 대신 선당을 둘러 가지런하게 놓인 장독대들이 비구 스님을 닮은 듯 정갈했다. 부처님 형상이 비친다는 연못은 잔물결도 없이 숨죽인 듯 고요하고, 명경 같은 물이 휘돌아 흐르는 계곡은 우뚝 솟은 산세를 병풍삼아 산자락을 물아래로 끌어안고 있었다. 아홉 마리 용이 왜 이곳에 자리를 틀고 승천을 갈구했는지를 짐작게 했다. 열차를 탔으면 지나쳐 갔을 불영사. 신성한 기운을 받고 발길을 돌렸다.

일월산 자락을 돌아 나오니 탁 트인 동해 바다가 한눈에 들어왔다. 동해의 넘실대는 파도는 좁은 나의 마음을 열기에 충분했다. 예전에 해안선을 가로막았다던 철조망이 걷히고 멀리 하늘과 바다가 하나가 되었다. 살이 오른 갈매기 떼가 반기는 동해 바다의 기운을 한숨 들이마셨다.

몇만 화소 렌즈에도 다 담지 못하는 이번 여행은 시리도록 아름다운 겨울 여행이었다. 궤도를 벗어난 자유로운 여행. 이 순간을 긴 정지화면으로 남기고 싶다. 꼭 틀에 맞춰 살아야만 인생이 맛나던가. 소소하게 벗어나 보는 것도 제법 매력이다.

한 장 남은 달력 앞에서 나이만큼 서둘러 달리는 시간의 속도를 잡아둘 재간은 없다. 자연은 인간의 스승이란 말을 다시 한번 새기면서, 날을 세운 겨울바람에도 제자리에서 최선을 다하는 자연 앞에 나도 순리에 순응하는 삶이기를 소망한다.

돌아오는 날 소백산 자락에는 눈이 소리 없이 쌓이고, 나는 거대한 산수화를 품고 발길을 돌렸다.

소백산 자락의 마차(麻茶) 한 잔이 아쉬웠지만 여운은 남겨 두기로 했다.

십 년 후에 나는

한 해가 저무는 11월. 친구와 셋이서 북경 여행길에 올랐다. 들뜬 마음으로 호텔에서 나와 새벽 찬 공기를 가르며 인천공항으로 향했다. 미팅 시간이 충분한 터라 아침식사도 여유 있게 하고 느긋하게 모닝커피까지 마셨다.

여행사에서 알려 준 장소는 '2층 ○○빵집 앞 6시'였다. 생소했다. 여느 때 같으면 '3층 H 앞 또는 J 앞에서 몇 시 미팅'이라고 공지하는데, 여행사가 바뀌니 다른가 보다 했다. 우리는 서두르지 않고 장소를 찾았지만, 층도 안 맞고 ○○빵집은 어디에도 없었다. 가이드에게 몇 번을 확인해도 대답은 똑같았다. 가이드는 우리가 김포공항에서 헤매는 줄 알았고, 우리는 당연히 인천공항인 줄 알고 장소만 물었으니 ○○빵집만 되풀이했다.

지금 생각해도 이런 바보들이 또 있을까 싶다. 핸드폰을 열어 공지사항을 확인해도 될 일을, 고정된 생각이 모든 걸 마비시켜 버리고 오로지 머릿속에는 인천공항만 저장해 놓고 있었다. 단 한 번도 내가 잘못 알고 있지 않을까 하는 생각을 하지 않았다. 새로운 장소만 못 찾는다고 여길 뿐이었다.

그러면서 몇십 분을 허비했다. 결국은 공항 경찰의 도움으로 미팅 장소가 인천공항이 아니고 김포공항이라는 걸 알았으니 얼마나 황당하던지….

총알택시를 타고 김포공항으로 달리는데 가이드의 위협적인 목소리가 귀에 총알처럼 박혔다.

"30분 내로 김포공항에 도착하지 못하면 여행 못 가는 줄 아세요."

숨 돌릴 새 없이 달리는 택시 안에서 핸드폰을 열었더니 그제야 눈에 들어온 글자.

'김포공항 2층 ○○빵집 앞'

인천공항 3층과는 달라도 너무 다른 장소인데 연락 사항을 가볍게 확인한 결과였다. 두 친구도 평소에 나에게 모든 걸 맡기고 따르는 편이어서 내가 보내 준 메일을 확인조차 안 했다고 털어놓았다. 꼼꼼히 잘 살폈더라면 제주에서 새벽에 이륙하는 비행기를 타고 와도 충분히 맞출 수 있는 시간이었고, 하룻밤 인천에서 묵을 일도 없었을 텐데, 나의 덜렁거림이 말썽이었다.

나는 평소에도 덜렁거리며 깜빡깜빡하는 습관이 있다. 장식 가게를 할 때는 바닥 치수, 천장 치수, 벽 길이 등을 정확하게 재고 벽지를 재단해 줘야 하는데, 서둘다가 짧거나 길게 또는 너무 틀리게 재단하는 바람에 일하는 분들이 애를 먹은 적이 허다하다. 그게 한두 번이면 어쩌다 실수했구나, 할 텐데 자꾸 반복되곤 했다. 그때마다 일꾼들은 "사장님, 정신은 어디 매달안 다념수과!" 하면서 짜증을 속으로 삭이는 걸 알고 있었다.

실수가 반복되자 덜렁대는 성격 탓인지 건망증 탓인지 예삿일이 아니다 싶었다. 어느 날 건망증에 좋다는 약을 사서 먹어도 봤다. 그러나 이렇다 할 효과는 보지 못했다.

한 블록 위에 주차한 자동차를 못 찾아 차가 견인된 줄 알고 야단법석을 떨며 수위 아저씨를 난처하게 한 일이며,

아파트에 견적을 내러 가면서 줄자 대신 손에 리모컨을 들고 가서 장식업계에서는 전설적인 일화로 남아 있기도 하다.

간혹 남편은 "나는 누구로 보이냐?"면서 너스레를 떨기도 한다. 친정아버지가 살아 계실 때는 "너는 누구를 닮아서 아직 한창인데 그렇게 잘 깜빡거리냐?" 하고 혀를 차기도 하셨다.

혹시 덜렁거림이나 깜빡깜빡하는 것이 조기 치매로 발전되지 않을까 염려되었는지 딸아이가 병원에서 검사를 받아 보라고 권유했다. 하지만 내 나이에 자존심이 용납하지 않아 그만뒀다.

'생활건망증'이라는 단어가 사전에 있다. 무엇인가를 잘 기억하지 못하거나 잊어버리는 정도가 심해 일상생활에 불편을 주는 기억장애라고 한다. 또한 덜렁거리는 것은 침착하지 못하고 자꾸 가볍게 행동하는 것이라 했다.

그렇다면 공항 사건은 어느 쪽일까. 전전긍긍하는 내게 남편은 김유신 장군의 애마를 비유로 들면서 길들여진 습관이라고 한다. 장군이 젊은 시절 천관이라는 기생과 친하게 지내는 걸 아신 장군의 어머니가 크게 나무라자, 장군은 다시는 가지 않겠노라고 다짐했다. 그런데 어느 날

술에 잔뜩 취해 말 위에서 잠이 들었고 애마는 한 치의 의심도 없이 기생집으로 가고 말았다. 이때 말은 오랫동안 같은 행동을 반복하면서 습관적인 행동 양식으로 나타난 거라고 했다. 나 역시 해외에 나갈 때면 김포가 아닌 인천공항에 익숙해지다 보니 공항이 중요한 게 아니고 날짜와 미팅 시간만 인지하면 그만이었다.

어쩌면 장군의 애마처럼 나도 습관적인 행동 양식인 것은 맞는가 보다. 그러나 단지 습관적인 행동 양식도 있지만 덜렁거리는 허당기가 더 크게 작용하지 않았나 싶다. 생활건망증도 해당되는 것 같다. 남편은 나를 우물가에 내놓은 아이 같다고 마음을 놓지 못하니 이제서야 그 심정이 이해가 간다.

그래도 한편으로는 적당한 건망증이나 덜렁거림이 나쁜 것만은 아니라는 생각이 들 때도 있다. 세상을 살다 보면 간간이 좋지 않은 일로 속 끓일 때가 허다하다. 불공정한 설움이나 분노, 오해로 곤란한 경우, 그 난관을 치유하는 데는 건망증보다 더 효험 있는 약은 없지 싶다. 체신이 좀 깎이고 불편을 초래할 때도 있지만 득과 실이 공존하는 건 아닐까 싶다.

여행에서 돌아오며 십 년쯤 후에는 어떤 모습이 나를 기다리고 있을지 상상해 봤다. 그때는 지금보다 더 심하게 건망증과 덜렁거림과 허당의 경계를 넘나들고 있지 않을까 걱정된다. 세월이 갈수록 더 추하지만 말았으면 하고 소망해 본다. 느슨해진 정신줄을 바짝 조이면서.

돌에 빼앗긴 마음

두꺼비 형상의 돌 한 점이 오늘도 내 시선을 끈다. 몸통이 두꺼비를 닮은 게 아니고 겉이 두꺼비 피부처럼 생겨서 붙여진 이름이다. 누런색을 띠고 있어 황금두꺼비 또는 복두꺼비라고 부른다. 거실에 들어서면 오른편 통대추나무 위에 앉아서 집을 지키고 있다.

남편이 무척 아끼는 돌이다. 사실 그 돌이 우리 집에 들어오면서부터 일이 잘 풀렸다며, 돌에 마음이 머물 때마다 쓰다듬어 지금은 반들반들 윤기가 난다. 작년 가을 수석을 모으던 한 지인이 두꺼비 모양의 돌을 얻어 그 기운으로 복권에 당첨되었다고 함박웃음을 짓던 모습이 떠오른다.

언감생심 내게도 그런 행운이 오지 않을까 기대하며 아끼
는 돌이다.

벌써 삼십여 년 전이다. 남편은 틈만 나면 정신없이 산
천을 누비고 다녔다. 그렇게 탐석(探石)을 하고 오면 흙이
며 모래며 뒤처리는 언제나 내 몫이었다. 귀찮았다. 무엇
이 저토록 그를 열중하게 하는지, 나로서는 도무지 알 수
가 없었다.

어느 날 그 궁금증을 풀어볼 겸 나도 그를 따라나섰다.
하천이며 바닷가로 희귀석이 있을 만한 곳을 휘돌다 보니
어느새 나도 진지한 흥미를 느끼고 있었다. 수석에 대한
욕심은 아니었다. 그 시기에 금전적 사고가 있어서 음으로
양으로 많이 힘든 때였다. 돌파구만 있으면 어디든 탈출하
고 싶었다. 돌밭에 가면 멀리 수평선이 다가와 보듬어 주
고, 제각각 생긴 돌의 숨겨진 비경을 좇다 보면 다른 잡념
은 잊어버린다. 수석에 문외한이던 내가 관심을 가진 것도
그 때문이다.

"여보, 오늘은 명석(名石)을 주울 것 같아요."

간혹 잘생긴 돌을 발견하는 꿈을 꾸곤 했는데, 그날 그
꿈은 현실이 되었다.

거북등처럼 갈라진 돌, 꿈에서 본 바로 그 돌이었다. 대평리 바닷가에서였다. 반 이상 모래와 자갈 속에 묻혀 있는 그 돌을 발견하고 많이 놀랐다. 돌은 꽤나 몸집이 커서 힘들게 모시고 와서 정원에 앉혔다. 행운이 늘 따르는 것은 아니지만 그날은 신기했다.

심마니들이 산신의 도움으로 산삼을 만난다고 믿는 것처럼 탐석을 나서는 날은 정성을 기울여 몸과 마음을 가다듬으며 걸음을 옮긴다. 어쩌다 정성이 통해 좋은 돌 한 점 얻으면 지인들과 축배를 들며 기쁨을 나누기도 한다.

수석인들은 탐석지에서의 에피소드도 풀어놓으며 밤새는 줄 모른다. 썰물 때 바다에 들어갔다가 밀물 때 굴 속에 갇히기도 하고, 욕심껏 돌을 주워 배낭에 메고 나오다가 넘어져 무릎과 팔다리가 피범벅이 되는 일도 다반사였다. 가끔 수중 탐석을 하다 물속에서 숨이 차 위태로울 때조차도 목숨보다 돌이 우선이라는 이야기를 들으면, 누가 돈을 주고 시켜도 이렇게 열성일까 갸웃하기도 한다.

세월이 흐르며 경륜이 쌓이자 남편의 권유로 수석회에 가입하게 되었고, 이제는 전시회가 있을 때마다 꼬박꼬박 전시장을 찾는다.

예술이 창작의 미학이라면, 수석은 발견의 미학이라고들 한다. 작은 돌 속에 섬 하나가 옮겨 앉고 금강산 일만 이천 봉이 들어와 있다. 기러기 떼들이 하늘을 날고 잔설과 폭포 소리를 귀로 듣는다. 백두산 천지를 코앞에서 바라보며 수석의 그 기이한 조화에 감탄하지 않을 수가 없다. 어느 예술가가 억만 년 세월 속에 살며 심혈을 기울여 조각하고 있음인가. 대자연의 묘기 앞에 저절로 고개가 숙여진다.

이렇듯 세월이 빚어 놓은 천상의 작품들과 마주하다 보면 돌이 수석으로 거듭나기 위해 거친 파도와 휘몰아치는 강물에 닳고 궁굴려서 얼마나 많은 길을 달려 내 앞에 섰을까 헤아려 보게 된다. 때로는 골 깊은 상처도 났을 것이고 살점이 찢어져 나가는 고통도 감내했을 것이다. 살아남기 위해서 상처를 치유해야 했고, 뜯겨 나간 살점에 새살을 돋게도 했다. 이를 악물고 살을 지켜 낸 돌은 그 주인을 찾아 지구의 몇 바퀴를 돌아서 비로소 수석이라는 이름을 얻었다. 그것도 사람들이 정해 놓은 틀 안에서.

사람들은 돌을 수석과 잡석으로 구분한다. 수석이 된 돌은 소장자의 애석이 되어 지문이 닳도록 그의 손에 머문다.

어디 그뿐인가. 수석 책자의 모델이 되기도 하며, 그 경우엔 유명 연예인 뺨칠 만큼의 인기를 얻기도 한다. 세상 많은 돌 중에 선택받은 돌은 버젓한 이름을 달고 세상을 보지만, 그 선택 기준에 못 미치면 발밑에 구르는 자갈도 되고, 때로는 밭담의 경계석으로 비바람을 막아 내는 신세가 된다. 그렇다고 영 쓸모없는 존재는 아니지만 잘생기고 못생긴 차이로 귀족과 천민으로 정반대의 생을 산다.

어디 이런 엇갈림이 돌에만 있겠는가. 사람의 세상살이가 애석과 잡돌에 비유될 수도 있다. 너와 나는 무엇이 같고 무엇이 다른지 묻고 싶어진다.

다시 두꺼비돌로 시선을 옮긴다. 울퉁불퉁 못생기고 무거운 돌이다. 복을 가져다준다는 속설이 아니었다면 인간 세상에서 아름답게 여겨지는 모양새는 아니다. 그러니 어쩌면 세상 만물의 가치를 결정하는 것은 사람이 부여한 의미일 것이다. 작고 못나 보이는 것에 내가 의미를 주고 귀하게 여기면 내게는 그만큼 보물이 될 것이다. 육십갑자 돌고 돌아 이제야 모래알만큼 깨친 주인을 두고, 억만 겁의 세월을 거쳐 두꺼비가 된 돌이 파안대소하고 있다.

작은 집 하나 지어 조카와 함께

　미국 남부에 있는 도시 내슈빌 근교의 브렌트우드가 조카가 사는 마을이다. 아침이면 새소리에 잠을 깨고 산책길 개울에 미나리가 자라고 있는 곳이다. 인동꽃이 만발한 것을 보면서는 반가운 벗을 만난 듯했다. 조카 집 정원에도, 이웃집 나무에도, 공원에도, 달콤한 향기를 내뿜으며 환하게 피어 있는 꽃. 나를 가까운 이웃으로 맞아 주었다.

　이십여 년 만에 보는 조카는 배우 정윤희 씨를 닮은 모습 그대로였다. 또랑또랑한 눈동자, 오뚝한 콧날, 나이는 어디로 먹었는지 화장기 없는 얼굴에 주름살도 없었다. 공항에 마중 나온 조카를 보고 눈을 의심할 정도였다.

한창 멋 부리고 놀아도 부족한 나이에 어머니를 여의고 아들만 득실거리는 집안에서 조카는 야무지고 똑 부러지게 살림도 잘하다가 결혼했다. 그리고 이민. 활달한 성격 탓인지 굴곡졌던 이민 생활을 잘 이겨 내고 단란하게 살고 있었다. 어느새 아들이 결혼할 나이가 되었고, 작은어머니인 나를 초청했다.

볕 좋은 봄날 초록의 향연이 한창인 공원에서 결혼식을 올렸다. 잘 키운 아들은 듬직했고, 한국에서 만들어 온 감색 저고리에 흰색 치마가 잘 어울리는 조카는 단아하고 우아했다. 식이 끝나고 2부로 이어지는 파티는 흥에 겨웠다. 양가 부모와 하객들이 어우러져 춤을 추고, 드레스를 입은 신부와 턱시도 차림의 신랑도 스스럼없이 춤을 추며 파티를 즐기는 모습이 보기 좋았다. 나도 한국에서 가져간 체면만 아니었다면 덩실덩실 춤을 추었을 것이다.

이날을 위해 허리띠를 졸라매고 한국의 양가 가족들을 초청한 조카 내외의 정성에 이십 년이란 세월의 간극을 훌쩍 뛰어넘어 그 기쁨에 동참했다. 그동안 이민 생활에서 겪은 외로움과 지난했던 더께를 조카 내외는 원 없이 풀어냈다. 너무 힘들어서 무작정 가방 들고 공항으로 내달렸던 이민 초기의 일들, 아프지만 아름다운 추억으로 풀어놓으면서 말이다.

하루하루가 잔칫날이었다. 열서너 명이나 되는 일개 분대가 애틀란타로 플로리다로 며칠씩 합숙하며 여행했다. 웃음이 그치질 않았다. 애틀란타에서는 숲속에 있는 숙소에서 이틀을 보냈다. 아침에 눈을 뜨면 마당 나무 아래에서 노루 가족이 풀을 뜯고, 청솔모가 부지런히 나무를 타는 모습에 저절로 핸드폰 셔터를 눌러댔다.

CNN방송국은 겉에서 보기만 했다. 세계 최고의 뉴스 브랜드이면서 최초로 24시간 각종 사선들을 실시간 중계하기 시작한 곳이다. 여기서 세계의 뉴스가 만들어지고 내 집 안방에서 채널만 누르면 따끈따끈한 소식을 접할 수 있으니, 건물만 봐도 가슴이 뛰었다.

CNN에서 멀지 않은 곳에 코카콜라 본사가 있었다. 콜라는 1886년에 콜라나무 열매와 시럽 등을 섞어 두뇌 강장제로 개발되어 약국에서 음료로 판매하다가, 아사 캔들러라는 사업가에 의해 대중화되어 지금의 세계적인 탄산음료의 대명사가 되었다고 한다. 코카콜라를 최초로 판매한 약국의 경리사원이 'C'자 두 개를 매치시켜 만든

디자인 로고를 현재까지 쓰고 있다는 역사도 알았다. 유명 연예인 모델들의 광고 사진에서는 시대의 변천사를 읽을 수 있어 흥미가 더해졌다.

다시 내슈빌에서 8시간을 달려 플로리다로 갔다. 탁 트인 하늘에 싱그러운 초록빛 나무들과 나란히 달리는 길은 구부러진 곳이 없었다. 중앙분리대에는 2차선 도로만큼 널찍하게 잔디가 깔리고, 산악지대가 없으니 터널이 하나도 없었다. 길옆으로는 시루떡처럼 켜켜이 층을 이루고 있는 암석이 눈길을 사로잡았다.

하얀 모래밭이 길게 이어지고 호화로운 보트가 즐비한 바다의 색깔은 하늘인지 바다인지 구분이 안 되었다. 플로리다에서 유명하다는 휴양도시 '데스틴'에 숙소를 잡았다. 현지인만이 공유하는 백사장에 외부인은 들어갈 수 없어서 백사장을 눈앞에 두고도 다른 입구를 찾아서 길을 헤매야 하다니 의아했다.

조용한 바닷가, 사막의 모래처럼 부드러운 백사장 위에 튜브를 깔고 누워서 사람 구경을 했다. 그리고 한국에서 비싸다는 해물 요리를 원 없이 먹었다. 밤바다 파도 소리를 들으며 모래에 발을 묻으니 세상 시름은 다 물러가는 듯했다.

그러나 잔칫날이 언제까지나 이어질 수는 없는 일. 이런 조카를 보면서 며칠 후에 닥칠 이별이 걱정되었다. 하나둘 집으로 돌아갈 것이고 썰물처럼 빠져나간 자리에 공허함이 들이닥칠 것을 가족들은 예감하고 있었다. 조카를 위해서 할 수 있는 것들을 찾아보고 조언도 하면서 이별을 준비하는 한국의 가족들도 마음이 편하지는 않았다. 조카의 웃음 뒤에 외로움과 고독이 보였다. 가슴 언저리가 울컥했다.

예정대로 귀국 날짜가 되니 한 팀 두 팀 나눠서 모두 돌아가고 와자지껄하던 집 안은 조용했다. 나 혼자 남았다. 허리를 심하게 다치는 바람에 환자로 남은 것이다. 정말로 예기치 못한 사고였다. 귀국하는 날 새벽 4시. 내슈빌에서 시애틀까지 가서 환승해 인천공항으로 오기로 되어 있었다. 모두 배웅하려고 분주하고 나만 자동차에 타면 얼추 출발하려던 차였다.

거실에서 나와 차고지에 있는 자동차까지 가기 직전이었다. 마지막 계단을 내려서려고 발을 내딛는 순간 미끄러지면서 몸이 높은 데서 바닥으로 내려꽂히는 것 같았다.

허리가 두 동강 난 줄 알았다. 아주 눈 깜짝할 사이였다. 잠이 덜 깬 것도 아니었다. 조금 흥분되었을 뿐이다. 악! 소리도 안 나왔다. 그냥 데굴데굴 구르는데 순간적으로 큰일이 일어났구나! 직감했다. 몇십 분을 차고지 바닥에서 굴렀던 것 같다. 결국은 911을 부르고 항공권은 연기하고 그때부터 몸을 움직일 수 없는 환자가 되었다.

알고 보니 밑창이 미끄러운 신발과 바닥의 물기가 원인 이었다. 전날, 마더스 데이 선물로 네일아트에서 손톱 발톱 을 손질하고 오면서 매니큐어가 지워지지 말라고 임시로 내어 준 신발이 사고의 원인이 될 줄은 생각지도 못했다.

그로부터 보름 동안 떠먹여 주는 밥을 받아먹으며 누워 서 지냈다. 검사 결과 병원에서는 뼈에 이상이 없다고 해 서 한시름 놓았지만, 처방해 준 약으로는 밀려오는 고통 을 감당하기 어려웠다. 조카가 한의원을 알아냈다. 통원 할 수 없으니 왕진을 부탁하고 2주 동안 미국인 한의사에 게 침치료를 받으며 버텼다. 조카는 어머니를 돌보듯 나를 보살펴 주었다.

내가 할 수 있는 것은 염치없는 기도뿐이었다. 빠른 시일 안에 집으로 가는 비행기만이라도 탈 수 있게 기적을 내려

주십사 빌었다. 기적을 내려 주시면 냉담도 풀고 기도하고 봉사하며 살겠다고 맹세도 했다.

우여곡절 끝에 보름 만에 비행기를 타는 기적이 일어났다. 비록 비즈니스석에 누워서 오기는 했지만 조카 내외, 손주 내외를 비롯하여 열심히 왕진해서 치료해 준 파란 눈의 의사가 만들어 준 기적이다.

애틀랜타 공항으로 떠나는 날 아침, 두 마음이 교차했다. 첫 번째는 조카를 병간호에서 벗어나게 해 줄 수 있어서 다행이라는 안도와, 두 번째는 다시 외로움과 씨름해야 할 조카에 대한 걱정이었다. 어느 순간 사람들이 싫어지고 외출이 싫어서 약을 복용한다는 조카였다. 그나마 허전함을 며칠간이라도 더 메워 주었다고 미안해하지 말라던 조카의 말이 아리게 가슴에 꽂혔다.

집에 와서 요양한 지 석 달이 된다. 한국 병원에서 다시 진단을 받았다. 2번 척추가 다섯 가닥으로 금이 가 있었다. 그 몸으로 장시간 비행기를 타고 온 것이 기적이라고 의사가 말했다. 서울에서 보름 동안 입원했다 퇴원은 했지만, 아직도 해 주는 밥을 먹는 처지다.

그곳에서의 일상이 눈에 선하다. 내가 머물렀던 방의 먼지

한 톨까지 눈앞에 떠도는 듯하다. 덮고 자던 이부자리에 밴 땀 냄새도 바람결에 실려 온 듯 그립다. 산책하던 공원의 새들과 인동꽃, 개울의 미나리가 어제 본 듯 선명하다. 해마다 봄이 되면 동산에 올라 흐드러지게 핀 인동꽃을 볼 때마다 조카가 더욱 그리워질 것이다.

가족이라는 끈에 또 한 사람 손자며느리가 엮어졌다. 3세가 생기면 끈이 더 길어질 것이고, 단단하게 울타리를 만들어 갈 조카의 가족에게 행복이 가득하길 소망한다. 조카도 병간호에 힘들었을 텐데 눈을 뜨면 내가 누웠던 자리에 시선이 머물고, 맛있게 먹던 음식만 보면 내가 생각난다고 한다. 한 가지 더 그리움병이 생겼다고도 한다.

조카는 적지 않은 병원비와 왕진비도 모두 부담했다. 돌려주는 손을 한사코 마다했다. 너무 큰 사랑을 받고 보니 몸 둘 바를 모르겠다. 달려가서 안아 주고 싶다. 조카 역시 나와 같은 마음이리라. 고국에 왕래할 수 없는 조카네가 안쓰럽다.

나이가 들면 이민 생활을 접고 한국에 오고 싶다고 한다. 그때는 모든 것을 내어 주어도 아까울 게 없겠다. 옆에 작은 집 하나 지어 함께 뜨는 해를 맞이하고 싶다.

거기다 갓 내린 커피와 바삭하게 구운 베이글에 치즈를 듬뿍 발라서 먹으면 더 일품이겠지. 조카와 작은어머니가 아니고 오랜 친구처럼.

어느 백인 한의사와의 이야기

딩동! 현관 벨이 울렸다. 미국 시간으로 오후 5시. 간절하게 기다리던 한의사가 도착했음을 알리는 신호였다. 누워 있는 내 시선이 현관문 쪽으로 향했다.

까만 머리에 황색 피부를 가진 동양인이 왕진 가장을 들고 내왕할 줄 알았는데, 아니었다. 큰 키에 파란 눈의 서양인이 푸른 가운을 입고 치료기기를 한가득 들고 들어섰다. 순간 내 기대가 무너졌다. 저분이 나에게 침을 놓고 뜸을 뜨고 부항을 붙여 치료한다고? 꼼짝 못하고 누워서 하루빨리 집으로 돌아갈 수 있게 기적이 일어나게 해 달라고 기도했는데, 마치 배신을 당한 것 같은 기분이 들었다.

계단에서 미끄러지면서 허리를 심하게 다쳤다. 911 응급차를 불러 찾아간 병원에서 찍은 엑스레이상으로는 뼈에 이상이 없다니 안심은 되었지만, 통증이 극심해 미국 생활이 길어지는 게 신경 쓰였다. 뼈가 부러진 게 아니니 침이라도 맞으면 근육이 풀리는 데 도움이 될 것 같았다. 그래서 수소문해 부른 한의사가 한국말도 서툰 미국인이니 당혹스러울 수밖에.

하지만 달리 선택의 여지가 없었다.

"어디 아파요? 여기 아파요?"

간단한 한국말 몇 마디는 했다. 세세한 것은 통역이 필요해서 손주가 왕진 시간에 맞춰서 오기도 하고, 한의사의 한국인 부인이 동행할 때도 있었다. 골프공 크기의 근육이 군데군데 뭉쳐 있고 많이 부은 상태인 데다 옆구리도 아프다고 하니 만져 보고 눌러 보다가 갈비뼈에도 금이 간 것 같다고 했다.

그런데 내 걱정과는 달리 침을 놓고 뜸을 뜨고 부항을 붙이는 손길이 섬세하고 성심을 다하는 걸 보니 믿음이 가기 시작했다. 우리는 조금씩 마음의 문을 열고 많은 이야기를 나눴다. 한국에서 육군 정보부 교육 담당으로 근무

하면서 한국인 부인을 만난 이야기며, 한의사가 된 동기도 흥미로웠다. 운동하다 허리를 다쳐 강남의 유명하다는 병원을 다녀도 더디 나았는데, 아는 교수가 한의원을 추천해 줘서 처음으로 한의원을 찾은 날, "저 바늘 같은 걸로 병을 고치고 아픈 허리를 낫게 한다니, 오늘만이야. 다시는 오지 않을 거야" 하고 반신반의했는데, 막상 치료를 마치고 침상에서 내려오니 통증이 한결 가벼워져 믿음이 생겼다고 한다.

놀라운 결과를 경험하고 미국으로 돌아가 양의학과 동양의학을 배우는 학교에 입학해 한의학을 전공하게 되었다고 한다. 만족하냐고 물었다. 후회는 안 한다면서 수줍게 웃어 보였다.

한국의 인물과 문화에도 관심이 많았다. 조선시대 한글을 만든 세종대왕, 과학을 꽃피운 장영실의 활약상과 실학을 집대성한 정약용에 대해서 이야기를 나눴다. 그리고 고인돌 장례문화에도 관심을 보였고, 젊은이들의 사고방식에 대해서도 의견을 피력했다.

예를 들어 한국 젊은이와 미국 젊은이의 사고의 차이점에 대해서 느낀 바를 이야기했다. 여럿이 찍은 가족사진을 두 나라 젊은이에게 보여 주고 각각 느낀 점을 말해 보라고 했더니, 한국 젊은이들은 사진 속 인물 모습과 옷에 먼저 관심을 보이고 난 후 주변 환경을 평가하는데, 미국 젊은이는 가족을 둘러싼 주변 환경이 어떤지를 먼저 보고 나서 사람들의 모습을 평가했다고 한다. 가치관의 다른 점을 보았다고 그는 말했다.

인체의 필수 에너지인 기의 흐름을 바탕으로 사람의 정서적·신체적 치료를 하는 한의학이 신비롭다고 했다. 그래서 침을 놓고 뜸을 뜨고 부항을 붙여서 치료하는 그 자체가 과학이라는 것이다. 중국인 교수와 한국인 교수의 가치관도 차이가 있는데, 자기는 한국인 교수의 강의에 더 끌렸으며, 허준의 동의보감에 매력을 느꼈다고 한다.

서양인의 시선에서 동양의학인 한의학에 심취해 치료에 심혈을 기울이는 걸 보고 있자니 저절로 어깨가 으쓱해지는 기분이었다.

그렇게 2주가 흘렀다. 누워만 있던 내가 일어서서 몇 발자국 걸을 수 있게 되었다. 그의 놀라는 표정을 보았다. 치료하면서 눈도 마주치지 못하고 엎드려서 치료받는 뒤통수에 대고 얘기하고 목소리만 듣던 환자였다. 그리고 양반

다리가 서툰 그가 한 시간 이상을 쪼그려 앉아서 치료에 전념하는 동안 나와 마주해 보지 못했다. 그런데 2주 만에 자신의 환자를 처음 정면으로 대했으니 눈치로 보아 이런 사람을 내가 치료했구나, 하고 놀라는 것 같았다.

또 한편으론 생각보다 빠른 차도를 보인 것이 그에게 의사로서의 성취감을 높여 준 것처럼 보이기도 했다. 나도 덩달아 비행기를 탈 수 있겠구나 싶으니 집이 코앞인 양 설레었다. 동시에 오늘이 마지막이다 싶으니 좋으면서도 콧날이 시큰했다.

의사는 아픈 곳만 치료하는 게 아니었다. 우울해진 마음도 함께 치료해 줬다. 한국에서는 무슨 일을 하느냐, 가족관계는 어떻게 되느냐, 묻고 답하다 보니 내가 글을 쓰는 것을 알게 되었고, 인터넷을 검색해 제주 지역 일간지에 실린 내 글을 찾아 읽고, 몇몇 책에 글이 실렸다는 정보도 알아냈다. 나도 모르던 것을 미국에서 백인 의사를 통해 알게 되었다. 어느새 자존감이 상승하고 마음이 가벼워지기 시작하니 다친 곳도 빨리 회복되는 느낌이었다.

서로의 가족 얘기는 공통분모여서 벽을 허물기에 안성맞춤이었다. 모델을 지망하는 그의 딸아이는 초등학생이다.

사진 속 아이의 포즈는 모델이라고 해고 믿을 정도였다. 가끔 오디션 촬영장에 그들 부부도 따라간다고 한다. 둘째 아들도 귀엽고 잘생긴 훈남이었다. 한국 부인을 맞아들이겠다는 아들을 믿고 응원해 준 부모님 또한 배우 못지않은 세련되고 지성이 돋보이는 분들이었다. 단란하고 행복한 가족사진이 그림처럼 펼쳐지면서 더 친밀감을 갖게 되었다. 국적 불문하고 사람 사는 데 정(情)만 한 게 또 있을까. 그동안 치료만 받은 것이 아니라 정도 함께 받았다.

김치찌개와 떡볶이를 좋아하고 고진감래주를 배웠다는 그에게 조카는 등뼈김치찜에 떡볶이를 만들어 왕진 마지막 날에 들려 보냈다. 그는 부모님도 오셔서 아이들과 함께 맛있게 먹었다고 문자로 알려왔다.

제주의 한의사가 미국에서 세미나를 원한다면 자신의 병원에 장소를 제공해 주겠다고 호의를 보였다. 우리는 내년에 한국에서 만나자고 약속하고 작별했다. 5월에 처제 결혼식을 보기 위해 한국에 온다고 했다.

미국 방문으로 예기치 않은 고생은 했지만 색다른 체험을 하고 왔다. 비싼 의료비를 할부로 갚을 수 있도록 매달

청구서가 집으로 배달된다는 것도 알았다. 의료비 폭탄이라는 나라에서 솟아날 숨구멍을 열어 놓은 격이다. 그래서 적응하고 산다고 조카가 말했다.

그는 내가 펴낼 수필집에도 관심을 가졌다. 주소와 이메일을 주고받으면서 책이 나오면 보내 달라고 했다. 이역만리에서 의사와 환자로 만난 셰인 헤이스 선생과의 인연은 두고두고 기억될 것이다. 물론 한국의 병원에서는 압박골절이 심하다는 진단을 받고 수개월째 환자로 지내고 있지만, 그의 진료를 받은 것은 결코 잊지 못하겠다.

내년이 기다려진다.

그네에 앉아
세상을 읽다